왜 역사를 왜곡하면 안 되나요?

왜 역사를 왜곡하면 안 되나요?

1판 1쇄 펴냄 2014년 11월 10일
1판 2쇄 펴냄 2018년 4월 13일

지은이 채화영
그린이 유명희
펴낸이 하진석
펴낸곳 참돌어린이

주소 서울시 마포구 독막로3길 51
전화 02-518-3919
팩스 0505-318-3919
이메일 book@charmdol.com
신고번호 제313-2011-157호
신고일자 2011년 5월 30일

ISBN 978-89-97592-63-0 64800

왜 역사를 왜곡하면 안 되나요?

채화영 지음 • 유명희 그림
신영우(충북대학교 사학과 교수) 감수

참돌어린이

감수글

여러분은 역사가 무엇이라고 생각하나요? 그저 지루하고 어려운 옛날 이야기라고만 생각하지는 않나요? 물론 역사가 과거에 일어난 사건이나 인물들을 기록해 놓은 이야기인 것은 맞아요. 하지만 역사는 단순히 알아도 그만, 몰라도 그만인 이야기가 아니랍니다.

역사는 우리가 앞으로 어떻게 살아가야 하는지를 알려 주는 지침서와도 같아요. 우리의 선조들이 겪었던 다양한 역사적 사건을 통해 배울 점은 배우고 반성할 점은 반성하며 더욱 발전된 미래를 설계할 수 있기 때문이지요.

그런데 가끔 역사적 사실이 아닌 이야기를 사실인 것처럼 말하는 사람들을 볼 수 있어요. 우리의 독도를 대나무 섬이라는 뜻인 다케시마라고 부르며 자기네 땅이라 우기는 일본이나 고구려를 중국의 소수 민족이 세운 나라라고 말하는 중국 등이 바로 그러한 예이지요.

역사 왜곡은 어떤 목적을 가지고 과거의 역사를 사실과는 맞지 않게 바꾸는 행위를 말해요. 그런 일을 왜 하느냐고요? 과거에 저질렀던 잘못을 감추거나 앞으로 이익을 얻기 위해서지요. 이런 일은 과거에 다른 나라를 침략하거나 전쟁을 일으킨 나라들 사이에서 많이 볼 수 있어요.

다른 나라가 우리의 역사를 왜곡하는 것을 막으려면 무엇보다도 우리 스스로 역사를 잘 알아야 해요. 그래야 어떤 사실들이 왜곡되고 있는지 찾아내서 바로잡을 수 있고, 올바로 기록된 역사를 후손들에게 전해 줄 수 있을 테니까요. 우리의 역사는 선조들이 피땀 어린 노력으로 만들어 놓은 것이기에 힘써 지키고 발전시켜야 할 의무가 있어요. 우리 한 사람, 한 사람이 역사를 소중히 여기고 바로 알고자 애쓸 때, 역사 왜곡을 막고 진실된 역사만을 남게 할 수 있는 거랍니다.

어때요, 왜곡된 역사를 바로잡는 데 여러분도 힘을 보태야 하겠다는 생각이 들지 않나요? 이 책을 통해 역사를 바로 알아 역사 바로잡기에 동참해 보세요. 여러분이 역사에 관심을 가지고 내딛는 작은 한 걸음이 왜곡된 역사를 바로잡는 큰 역할을 해 줄 거예요.

떨어지는 가을 낙엽을 바라보며

신영우

차례

PART 1

왜 역사를
왜곡하면 안 되나요?

역사는
왜 배워야 하나요?

1

"여기가 어딘가요?"

삼촌이 병원 침대에서 눈을 뜨고 가장 먼저 한 말이었어요. 조카인 지환이를 비롯해 가족들은 그런 삼촌을 의아한 표정으로 바라보았어요.

"얘야, 정신 좀 차려 보거라."

할머니는 눈시울을 붉히며 삼촌의 손을 감싸 쥐었어요. 하지만 삼촌은 겁에 잔뜩 질린 표정으로 가족들을 바라보았어요.

지환이는 떨리는 마음으로 삼촌 앞에 앉아 말을 건넸어요.

"삼촌, 저 지환이에요."

"삼촌이라고? 내가 너의 삼촌인 거니?"

삼촌은 지환이의 말을 되뇌며 어리둥절한 표정을 지었어요. 평소에 제일로 예뻐했던 지환이마저도 알아보지 못하는 삼촌의 모습에 모두들 한숨만 쉴 뿐이었지요.

얼마 전에 삼촌은 2층 건물에서 떨어지는 사고를 당했어요. 머리를 다친 탓에 며칠 간 의식을 회복하지 못하다가 겨우 눈을 뜬 거였지요. 의사 선생님은 삼촌이 당분간 가족들을 잘 알아보지 못할 거라 말씀하셨어요. 뇌에 충격이 가해져 생긴 기억 상실 증상이지만, 그리 오래가지는 않을 거라 하셨어요. 하지만 삼촌은 퇴원을 하고 집으로 돌아와서도 여전히 기억을 찾지 못했어요.

"시형아, 이 사진을 봐. 이게 어릴 적 네 모습이야. 그때 나하고 뒷산에 놀러 갔다가 길을 잃어서 네가 막 울고불고 그랬잖아."

아빠는 퇴근 후 집에 돌아오면 삼촌을 앉혀 놓고 삼촌의 어릴 적 사진들을 꺼내서 보여 주었어요. 혹시라도 삼촌의 기억이 돌아올까 기대했던 거지요. 하지만 삼촌은 멍한 표정만 지을 뿐이었어요. 그후

로도 삼촌의 기억을 되찾아주려는 아빠의 노력은 계속되
었지만, 삼촌의 기억은 좀처럼 돌아올 줄을 몰랐어요. 그뿐만이
아니었어요. 삼촌이 기억을 잃었다는 사실이 알려지자, 마을 사
람들 중 몇몇은 삼촌을 놀리고 괴롭히기 시작했어요.

　한번은 지환이가 얼굴에 피를 흘리며 집 밖을 서성이던 삼촌을
발견한 적도 있었어요. 지환이가 발견하지 못했더라면 삼촌은 집
을 잃고 동네를 한참 동안 헤맸을지도 몰라요.

　"삼촌! 대체 누가 이랬어요! 네?"

"글쎄, 기억이 잘……."

지환이의 다그침에 삼촌은 머리만 긁적일 뿐이었어요.

기억을 찾아 주겠다는 거짓말로 삼촌을 이용하는 사람들도 많았어요. 누구보다 자신의 과거를 찾고 싶었던 삼촌은 그런 거짓말에 쉽게 속고는 했어요.

'기억을 잃는다는 것은 참 무서운 거구나. 과거를 제대로 기억하고 있어야 현재의 나도 건강하게 살 수 있는 거야.'

지환이는 그동안 기억 상실증이 그저 드라마에서나 나오는 일이라고 가볍게 여겨 왔었어요. 기억을 잃어도 아무것도 모르기 때문에 괴롭진 않을 거라고 생각했었지요. 하지만 삼촌을 보면서 기억을 잃는다는 것은 아주 두렵고 무서운 일이란 걸 깨닫게 되었어요.

지환이는 하루빨리 삼촌의 기억이 돌아왔으면 좋겠다고 생각했어요. 예전처럼 함께 팔씨름도 하고 축구도 하던 활기찬 삼촌으로 말이에요.

'누군가 나의 기억을, 과거를 잘 기록해 주면 참 좋겠다. 그럼 삼촌처럼 기억을 잃어도 금방 되찾을 수 있을 텐데…….'

먼 곳을 바라보며 슬픈 표정을 짓고 있는 삼촌을 보며 지환이는 생각했어요.

여러분은 우리 역사에 대해 얼마나 알고 있나요? 보통은 학교에서 배우거나 역사 드라마를 통해 알고 있는 친구들이 대부분일 거예요. 하지만 정작 역사가 무엇이고, 왜 배워야 하는지 물어보면 잘 모르는 친구가 많아요. 하지만 기억을 잃은 지환이 삼촌처럼 거짓된 이야기에 속아 휘둘리지 않으려면 우리의 역사를 바로 아는 것이 정말 중요하답니다.

역사는 과거에 일어난 사실을 말해요. 하지만 과거에 있었던 일 모두가 역사로 기록된 것은 아니에요. 우리가 책에서 배우는 역사는 역사가들에 의해 선택된 것으로, 과거의 많은 사실 중 역사로 남길 가치가 있는 사실만을 기록한 것이지요. 이 때문에 역사가의 역할은 매우 중요해요.

역사가들은 다양한 자료를 수집하여 분석하고 해석해요. 그리고 자신들이 밝혀낸 역사적 사실을 바탕으로 역사책을 쓰지요. 역사가들이 이용하는 자료들을 사료라고 부르는데, 사료란 과거에 살던 사람들의 활동 흔적이 남아 있는 기록을 뜻해요. 옛날의 제도나 문물을 아는 데 증거가 되는 자료나 기록, 토기나 무기처럼 크기가 작아서 다른 곳으로 옮길 수 있는 유물, 집터나 무덤처럼 크기가 커서 옮길 수 없는 유적 같은 것들이 이에 해당하지요. 역사가들은 이러한 사료를 통해서 역사적 사실을 밝혀내는 거랍니다.

그렇다면 우리는 왜 역사를 배워야 하는 걸까요? 이러한 일들은 역사가들이 알아서 할 텐데 말이에요.

역사 학습을 통해 과거를 배움으로써 우리는 현재의 모습을 보다 잘 이해할 수 있어요. 왜 그런 일이 생기게 되었는지 문제점을 되짚어 보며 발전된 미래를 계획해 볼 수도 있고요. 또한 삶의 지혜와 교훈을 얻고 반성하는 자세를 지닐 수도 있어요.

그런데 가끔 일부 세력들이 어떤 목적을 가지고 자신들에게 유리한 방향으로 지난 일을 감추거나 크게 과장하고, 심한 경우는 사실이 아닌 것을 사실인 것처럼 조작하는 경우를 볼 수 있어요. 이를 '역사 왜곡'이라고 하지요. 역사 왜곡은 일본이나 중국과 같은 우리 주변 나라들에서도 찾아볼 수 있어요. 제대로 된 사실을 아는 것도 쉬운 일이 아닌데 왜 역사를 왜곡하느냐고요? 가장 큰 이유는 과거에 저지른 잘못을 감추기 위해서예요. 예를 들어 일본은 과거에 중국이나 다른 아시아 국가들을 상대로 해적질을 하거나 전쟁을 일으킨 적이 있었어요. 이 과정에서 많은 사람을 죽였어요. 그런데 이런 약탈과 전쟁을 그 당시로서는 어쩔 수 없는 선택이었다고 변명하거나 대량 학살을 한 적이 없다고 발뺌하면서 역사를 왜곡하고 있는 거예요.

영토 문제를 비롯한 다른 나라와의 관계에서 유리한 위치를 차지하기 위해 역사를 왜곡하는 경우도 있어요. 일본이 독도를 자기 땅이라고 주장하는 것이나 중국의 동북공정이 바로 그러한 예랍니다.

그런데 이런 일은 우리나라 주변에서만 일어나는 것이 아니에요. 유럽이나 미국, 아프리카 등 과거 침략과 식민 지배로 얽힌 여러 나라들에서도 찾아볼 수 있어요. 그래서 우리처럼 피해를 입은 나라들은 역사가 왜곡되는 것을 막기 위해 다양한 노력을 하고 있답니다.

그러면 역사 왜곡을 막기 위해서 우리는 어떤 노력을 해야 할까요? 가장 중요한 것은 우리 역사에 대해 관심을 가지고 제대로 공부해야 한다는 거예요. 옛날이야기라고, 재미없는 이야기라고 소홀히 여기고 제대로 알지 못하면 다른 나라들에게 우리의 역사를 빼앗기게 될지도 몰라요. 또한 역사를 공부할 때는 우리 역사와 함께 이웃나라 역사도 함께 공부하면서 우리 위주로만 쓰여 있지는 않은지 살펴봐야 해요. 그렇지 않으면 객관적으로 역사를 바라볼 수 없을 테니까요. 역사는 책으로 배우는 것도 중요하지만, 역사 카페나 역사 관련 시민 단체에 가입해 활동하면 더 자세히 배울 수 있어요. 여러 사람들과 소통하면서 우리 역사에 대한 다양한 정보를 얻게 되어 많은 도움이 되거든요.

누군가 독도는 일본 땅이라고, 고구려는 중국의 역사라고 주장했을 때, 여러분은 단호하게 "아니야!"라고 말하고 객관적인 근거를 댈 수 있나요? 이제부터라도 우리 역사에 관심을 갖고 역사를 바로잡을 수 있도록 노력해 보세요. 앞으로 우리의 미래를 이끌어 갈 주체는 바로 여러분이니까요.

2

우리가 일본의
후손이라고요?

"말도 안 돼!"

키보드를 두드리며 경빈이가 외쳤어요. 불쾌한 기분은 쉽게 사라지지 않았어요. 인터넷 카페의 게시판에 올라온 글에 수십 명의 사람들이 댓글을 달고 있었어요. 사람들은 각각 자신들의 의견이 옳다며 거친 말들을 쏟아 내고 있었지요.

경빈이가 가입한 인터넷 카페는 음악이나 책 등 세계의 다양한 문화 정보를 모아 둔 곳이에요. 숙제 때문에 여러 사이트를 검색하다

발견한 카페였지요. 게시판 글을 대충 훑어보던 경빈이는 다양한 문화를 접하는 것에 점점 흥미를 느끼기 시작했어요. 몰랐던 사실을 알게 될 때마다 배우는 즐거움에 기쁘기도 했고요.

그런데 며칠 전부터 카페 안에 문제가 생기기 시작했어요. 누군가 카페 게시판에 '일본은 아주 먼 옛날부터 우리나라를 지배했습니다.' 란 내용의 글을 계속 올리고 있기 때문이었어요.

'일제 강점기 때를 말하는 건가?'

한때 일본의 식민지였던 우리 역사를 떠올리며 경빈이는 글을 읽기 시작했어요. 하지만 내용은 전혀 다른 것이었어요.

일본은 가야에 임나일본부를 세웠고 신라와 백제를 식민 통치했습니다. 이러한 사실은 일본 역사책에 잘 나와 있습니다. 따라서 우리의 몸엔 일본인의 피가 흐르고 있습니다. 우리는 일본의 후손입니다.

'일본의 후손'이라는 문장이 빨간 글씨로 유독 강조돼 있었어요.

"뭐? 그럼 일본 사람이 우리 조상이란 말이야?"

글에 대한 사람들의 반응은 폭발적이었어요. 화가 난 사람들은 게시글 밑에 하나둘씩 댓글을 달기 시작했어요. 위의 글은 일본이 주장하는 허무맹랑한 내용이며 역사적 근거가 없는 틀린 말이라고 반박했어요. 그 말이 왜 틀린 것인지 역사 자료까지 들춰 가며 요모조모 비판하는 회원들도 있었지요.

하지만 글쓴이의 편을 드는 사람들도 있었어요. 그들은 글쓴이의 말이 전부 틀린 게 아니라며 우리 입장에서만 역사를 평가해서는 안 되니 정확한 근거를 찾아오라는 댓글을 달고 있었어요.

경빈이는 너무 불쾌하고 화가 났어요. 예전에 일제 강점기 때를 배경으로 한 드라마를 보면서 우리나라와 일본의 불편한 관계를 잘 알고 있었거든요.

'말도 안 돼! 우리가 일본의 후손이라고 주장하다니……'

아무리 생각해도 이해가 되질 않았어요. 자신보다 어린 친구들이 이런 글을 보고 잘못된 생각을 가지게 될까 봐 걱정도 되었어요. 하지만 경빈이는 어떤 댓글도 달 수가 없었어요. 무엇이 잘못된 것인지, 무엇이 진실인지 사실 경빈이도 자세히 알지 못했거든요.

'엄마가 사다 주신 역사책을 좀 열심히 읽어 둘걸.'

경빈이는 역사 공부에 소홀했던 것이 후회가 되었어요.

'휴우, 나도 시원하게 한마디 해 주고 싶은데······.'

경빈이는 수십 개의 댓글들을 바라보며 한숨을 쉬었어요.

여러분은 '가야'라는 나라를 알고 있나요? 가야의 역사는 500년이

나 지속되었지만 사실 알려진 것은 그리 많지 않아요. 남아 있는 기

록이 적기 때문이에요.

가야는 고구려, 백제, 신라가 서로 대립하며 성장하고 있을 무렵에

낙동강 주변의 평야 지역에 있던 나라예요. 풍부한 철을 바탕으로 성

장을 하였지만 국력이 강했던 백제와 신라 사이에 위치한 탓에 많은

압박을 받아야 했지요. 그러다 결국 신라에 의해 멸망하고 말았어요.

그런데 일본은 자신들의 조상이 가야를 지배했다고 역사를 왜곡하고

있어요. 이를 임나일본부설이라고 해요.

임나일본부설은 4세기 후반 일본이 한반도 남부를 점령하고 임나

일본부라는 기관을 세워 가야를 식민지로 통치하면서 백제와 신라에

게 조공을 받았다는 설이에요. 여기서 '임나'는 일본이 가야를 가리키는 말이지요. 임나일본부설은 일본의 역사책인 《일본서기》에 나오는 이야기를 근거로 했어요. 하지만 《일본서기》는 잘못된 기록이 많아서 학자들이 잘 믿지 않는 책이에요. 그런데도 일본은 《일본서기》를 근거로 이런 주장을 계속하고 있어요.

《일본서기》 외에 일본이 임나일본부가 있었다는 증거로 들고 있는 것이 또 있어요. 바로 광개토대왕릉비의 비문 내용이에요.

'신묘년에 왜가 바다를 건너와 백제와 임나, 신라를 격파해 신민으로 삼았다.'

신묘년은 391년을 뜻해요. 이때 일본이 백제와 가야, 신라를 지배했다는 것이지요. 그러나 재일 한국인으로 역사학자인 이진희 박사는 1972년에 비문의 내용이 조작되었다고 주장했어요. 일본이 비석의 글자를 원래와는 다르게 바꾸어 새겨서 뜻을 왜곡했다는 거예요. 일본이 실제로 글자를 조작했는지는 지금도 논란이 되고 있지만, 임나일본부설에 대한 광개토대왕릉비의 내용이 사실이라고 생각하는 우리나라 역사학자들은 없어요. 우리뿐만이 아니에요. 중국 역사학자들도 그렇고, 일본 역사학자들 중 일부도 여기에 동의하고 있어요.

여러분도 생각해 보세요. 광개토대왕릉비는 광개토대왕의 아들 장수왕이 아버지의 업적을 기리기 위해 만든 것으로, 비석에는 고구려 건국의 역사와 광개토대왕의 정복 사업, 고구려 역대 왕의 능을 지키는 묘지 관리인들에 대한 정보가 담겨 있지요. 고구려의 역사를 중심으로 만든 비석에 주변 나라가 일본에 지배당했다는 내용의 글을 정말로 새겼을까요?

중국이나 우리 역사에 기록된 내용을 보면 당시의 일본은 백제, 가야, 신라에 비해 많이 뒤처져 있었어요. 고구려가 담징을 통해 먹과 종이 만드는 법을 일본에 전달했고, 백제는 일본에게 불교와 유교, 한자 등을 전파했어요. 신라는 배 만드는 법과 둑 쌓는 법을 전파하기도 했고요. 이러한 사실만 보더라도 당시 일본은 우리보다 훨씬 뒤처져 있었다는 것을 알 수 있어요. 그런데 이 시기에 과연 일본이 가야를 식민지 삼을 수 있었을까요?

그런데도 일본이 이런 터무니 없는 주장을 계속하는 것은 그들이 옛날부터 우리나라보다 발전한 나라였음을 강조해서 일제 강점기의

식민 통치를 정당화하기 위함이었어요.

과거에도 일본이 우리나라를 통치한 적이 있으니 우리나

라를 식민지 삼는 것은 그때로 돌아가는 것뿐이라고 했지요.

거기에는 모든 면에서 더 발전한 일본이 우리나라를 통치하는

것은 당연하지 않느냐는 뜻도 담겨 있었어요.

이렇듯 일본은 계획적으로 우리나라의 역사를 왜곡해 왔어요. 그리고 현대에 들어서면서 이전보다 더 치밀하고 계획적으로 왜곡하고 있지요.

우리 정부는 일본이 이런 잘못된 행동을 할 때마다 강력한 항의를 계속하고 있어요. 하지만 그 이상의 구체적이고 효과적인 대응을 하기에는 아직 어려운 점도 있어요. 감정적으로 대응하기보다는 차근차근 일본의 역사 왜곡에 반박할 수 있는 근거들을 찾아야 해요. 이것은 꽤 오랜 시간을 필요로 하지만 반드시 해야 하는 작업이에요. 그렇기 때문에 역사학자들 뿐만 아니라 우리 모두가 관심을 가지고 우리의 역사를 지키기 위해 더욱 노력해야 하는 거예요.

진실은 결코 변하지 않지만, 감춰진 진실을 찾고 지키기 위해서 우리 모두 노력해야 한다는 사실을 잊지 마세요.

거짓말은
나쁜 거예요

3

"이번 시간은 무슨 시간이지?"

승혁이가 마이키에게 물었어요.

"세계사 시간이야."

마이키가 교과서를 꺼내며 대답했어요.

"휴, 세계사는 정말 싫은데……."

잠시 후, 수업 시작을 알리는 종이 울리고 세계사 선생님이 들어오

셨어요.

승혁이는 세계사 시간이 싫었어요. 세계사 시간에 세계 지도를 볼 때면 반 아이들은 항상 코리아는 어디에 있냐고 물어보기 때문이었었어요. 처음엔 어디에 있는지 친절하게 가르쳐 주었지만 지도를 본 아이들은 하나같이 나라가 정말 작다며 웃었어요.

'창피해.'

승혁이는 그럴 때마다 얼굴이 붉게 달아올랐어요.

"오늘은 제2차 세계 대전에 대해 배우겠어요."

선생님은 컴퓨터로 여러 자료들을 보여 주셨어요. 탱크가 나오고, 비행기에서 폭탄이 떨어질 때마다 아이들은 소리를 질렀어요.

"당시에 일본은 아시아의 여러 나라를 지배하고 있었어요. 그중 한 나라가 한국이었지요."

선생님의 말씀이 끝나기 무섭게 아이들이 승혁이를 쳐다보았어요.

"한국은 일본의 지배를 고맙게 생각했다고 해요. 당시 발전이 많이 늦었던 한국이 일본의 지배로 발전할 수 있었기 때문이에요."

영어를 잘하는 것은 아니었지만, 승혁이는 선생님의 말씀이 무슨 뜻인지는 이해할 수 있었어요.

'우리가 일본의 지배를
고맙게 생각했다고? 전혀 아닌데……'

하지만 승혁이는 선생님께 반박하지 못했어
요. 그때 헨더슨이 손을 번쩍 들고 말했어요.

"선생님, 우리나라의 원주민도 마찬가지예요!
원주민 문화를 발전시켜 준 사람들한테 고마워해
야 해요!"

아이들이 웅성거렸어요. 그러자 승혁이의 옆에
앉아 있던 엘르가 소리쳤어요.

"선생님! 그건 틀린 말이에요. 이주민들이 원주민 문화를 발전시켜 줬다고 하지만, 실제로는 원주민들을 거주지에서 내쫓고 학살했다고 요. 그런데도 그들은 자꾸 거짓말을 하고 원주민들에게 저질렀던 잘 못에 대해 모른 척하고 있어요. 거짓말은 나쁜 거죠, 선생님? 원주민 들은 그 사람들에게 전혀 고마워하지 않는다고요!"

말을 마친 엘르는 자리에 조용히 앉았어요. 그러고는 승혁이를 쳐 다보았어요. 엘르의 눈은 이렇게 이야기하고 있는 것 같았어요.

'거짓말은 나쁜 거야. 너도 선생님께서 말씀하신 게 사실이 아니 라고 말해 봐.'

하지만 승혁이는 입이 좀처럼 열리지 않았어요. 엘르의 용기가 부 러울 뿐이었답니다.

여러분은 '세계 최고의 강대국'하면 어느 나라가 떠오르나요? 대부 분 미국을 떠올리겠지요? 하지만 미국의 경제, 사회, 문화적 업적들 은 많은 사람의 희생으로 이루어진 것이랍니다.

1840년대 미국에서는 서부 개척의 시대가 열렸어요. 그 당시 유럽에서 이민 온 대부분의 사람들은 동부에 몰려 살았어요. 그런데 서부에 금광이 많다는 소식이 알려지면서 너도나도 서부로 떠나기 시작했어요. 많은 이주민이 부자가 되겠다는 꿈을 안고 서부로 이동했지요. 하지만 서부에는 이미 오래전부터 그곳에서 살던 원주민들이 있었어요. 몰려오는 사람들 때문에 원주민들은 자신들이 살던 터전에서 강제로 쫓겨나거나 죽임을 당하는 등 막대한 피해를 입었지요. 생존권을 지키기 위해 원주민들은 이주민들에게 맞서 싸웠고, 갈등이 깊어지자 이주민들은 원주민들을 학살하기까지 하였어요.

그뿐만이 아니었어요. 남아 있는 원주민들에게 그들의 문화를 버리고, 이주민의 문화와 생활 방식을 따르라고 강요했어요. 많은 원주민은 오랜 시간 동안 고통을 겪어야 했어요.

그런데도 미국은 자신들이 오랜 세월 동안 원주민들에게 피해를 입었다고 주장했어요. 미국 아이다호 주 앨모에 있는 기념비가 그것을 잘 보여 주고 있지요.

이 기념비는 300여 명의 이주민들이 1861년에 서부로 이동하던 중에 원주민들의 습격을 받아 사망했다는 것을 알리려고 만든 기념비예요. 기념비를 본 사람들은 정말 원주민들이 이주민들을 죽였다고 믿었어요. 하지만 나중에 이것은 사실이 아닌 것으로 밝혀졌어요. 미국이 자신들이 저지른 끔찍한 일들을 모두 덮고 자신들의 죄를 원주민들에게 돌리려고 했던 거예요.

하지만 진짜 있었던 일이 아닌 것으로 밝혀졌는데도 이 기념비는 여전히 그곳에 세워져 있다고 해요. 죽지도 않은 300여 명의 사람의 넋을 기리려고 말이에요. 정말로 위로를 받아야 할 사람들은 핍박을 받은 원주민들인데 말이에요.

이렇듯 거짓말이 하나둘씩 늘어나게 되면 세상에서 진실이란 모두 사라지게 될지도 몰라요. 그렇게 되면 우리의 후손들이 배우는 역사는 모두 거짓뿐이겠지요? 거짓된 역사를 배우게 하고 싶지 않다면, 지금이라도 이러한 거짓말이 멈춰지도록 진실된 역사를 찾는 노력이 필요해요. 역사는 지금을 살고 있는 우리의 것일 뿐만 아니라, 앞으로 이 나라를 이끌어 갈 우리 후손들의 것이기도 하니까요.

4

남의 것은
뺏으면 안 돼요

"내놔!"

"싫어, 내 거야!"

"내놓으라니깐!"

준이가 신경질적으로 동생 진이의 손에서 장난감을 빼앗았어요.

그 탓에 진이는 방바닥에 넘어지고 말았지요.

"엄마, 형이 자꾸 제 걸 가져가요! 으아앙!"

진이는 울음을 터뜨리며 거실에 계시던 엄마를 불렀어요.

"준이, 너 자꾸 동생 거 뺏을 거니? 엄마가 그러면 안 된다고 했잖니."

진이의 울음소리에 황급히 달려온 엄마는 준이를 꾸짖었어요.

"전 잘못한 거 하나도 없어요! 장난감을 혼자 가지고 노는 진이가 잘못한 거라고요!"

엄마의 꾸지람에도 준이는 아랑곳하지 않았어요. 또래에 비해 체격이 크고 힘이 센 준이는 자신보다 약한 친구들을 자주 괴롭혔어요. 같은 반 현수의 새 게임기를 허락도 없이 가져가기도 했지요.

"야! 이거 내가 가져간다!"

"안 돼! 아빠가 사 주신 거란 말이야!"

"조금만 하고 줄게!"

그뿐만이 아니었어요. 친구들의 간식도 함부로 집어 먹고, 주지 않으면 힘으로 뺏기도 했어요. 이 때문에 반 친구들은 준이를 좋아하지 않았어요.

그러던 어느 날, 사회 수업이 끝날 때쯤 선생님이 말씀하셨어요.

"오늘 사회 숙제는 독도에 대해 알아 오는 거예요."

그러자 아이들이 웅성거리기 시작했어요.

"선생님! 독도는 진짜 우리 땅 맞지요?"

"일본이 자꾸 자기네 땅이라고 하던데요?"

아이들은 저마다 자신들이 아는 내용을 이야기하기 시작했어요.

"맞아요. 독도는 우리 땅이에요. 하지만 옆 나라인 일본이 자신들의 땅이라고 계속 주장하고 있지요. 왜 독도가 우리 땅인지, 그리고 일본은 어떤 이유로 자신들의 땅이라고 주장하는지를 알아 오는 게 오늘의 숙제예요."

준이도 독도에 대해 들은 적이 있었지만, 아이들처럼 큰 관심은 없었어요. 그래서 친구들이 숙제를 해 오면 베껴야겠다고 생각했어요.

'안 보여 주면 빼앗아 베끼면 돼.'

그때 반장이 손을 들며 말했어요.

"선생님! 자기 것도 아닌데 함부로 남의 땅을 넘보는 건 정말 나쁜 짓 같아요."

"맞아요. 내 물건을 누군가 함부로 만지거나 강제로 빼앗으면 참 기분이 나쁘겠지요. 그런데 역사에도 분명히 우리 땅이라고 기록되어 있는 독도를 일본은 말도 안 되는 주장들로 넘보고 있어요. 우리가 독도에 대해 제대로 모르고 살아간다면 언젠간 정말 독도를 뺏기게 될지도 몰라요. 그러니 이번 기회에 왜 독도가 우리 땅인지 알아보는 시간을 갖도록 하세요."

선생님은 준이를 바라보며 말씀하셨어요. 순간 준이는 선생님이 자신의 잘못된 행동을 모두 알고 계신단 생각이 들었어요. 얼굴이 빨개지고, 마음이 따끔거렸어요. 그리고 그동안 자신이 했던 행동들이 후회되기 시작했답니다.

여러분은 우리 땅 독도에 대해서 얼마나 알고 있나요? 일본의 독도 영유권 주장은 꽤 오랜 시간 지속되어 왔어요. 그럼에도 우리나라의 많은 사람이 독도가 왜 우리 땅인지, 왜 일본이 독도를 빼앗으려 하는지를 제대로 알지 못하고 있어요.

독도는 우리나라의 동쪽 끝에 위치해 있는 섬으로, 두 개의 바위 섬과 작은 바위들로 이루어져 있어요. 경상북도 울릉군에 속해 있으며, 섬 전체가 천연기념물 제336호로 지정되어 있지요. 울릉도에서 87.4킬로미터 떨어진 곳에 위치해 있어서 맑은 날이면 망원경 없이

도 보인다고 해요.

독도는 신라 지증왕 때 이사부가 울릉도와 함께 점령하면서 신라 땅이 되었고 이후 계속 우리 땅이었어요. 고려 때의 기록에도 우리가 독도를 관리했다는 내용이 적혀 있고, 일본인의 침입을 막기 위해 울릉도에 사람들을 이주시켰다는 기록도 남아 있어요. 그러다가 조선 태종 때 울릉도를 비우는 공도화 작업이 시작되면서 450여 년 동안 비어 있는 섬이 된 거예요.

그러나 이 시기에도 조선 어민들은 울릉도와 독도에 가서 고기를 잡았어요. 숙종 때는 안용복이라는 사람이 울릉도와 독도 일대에서 고기잡이를 하는 일본 사람을 발견하고 일본에 건너가 함부로 조선 땅을 침범한 사실에 사과를 받고 울릉도와 독도가 조선 땅임을 확인 받기도 했지요. 1900년 10월 25일, 영토에 대한 관심이 높아진 고종 황제는 울릉도를 군으로 높이고 독도를 울릉도와 함께 다스리도록 명령했어요. 그랬던 것을 일본이 1905년 러일 전쟁 중에 독도를 강제로 자신들의 영토로 편입시켰던 거예요. 그때는 일본에게 주권을 잃은 상황이었기 때문에 우리는 어떠한 항의도 할 수 없었어요.

그러다가 1945년 제2차 세계 대전에서 일본이 패망하면서 식민지로 삼았던 모든 영토를 상실하게 되었고, 독도도 자연히 우리 땅으로 돌아오게 되었지요. 하지만 1952년부터 일본은 독도를 자신들의 영토라고 주장하고 있어요. 심지어 2005년부터는 매년 2월 22일을 '다케시마의 날'로 정해 놓고 기념하고 있어요.

일본이 이렇게 독도를 차지하려는 이유는 무엇일까요?

독도 주변은 한류와 난류가 만나는 조경 수역이라 대규모 어장이 형성되어 있어요. 석탄이나 석유를 대신할 수 있는 신에너지 자원인 메탄 하이드레이트도 매장되어 있고요. 이러한 경제적 가치 때문에 일본이 독도를 더 탐내는 거예요. 만약 독도가 일본 땅이 되면 배타적 경제 수역(EEZ)으로 인해 우리의 동해를 빼앗기게 될 수도 있어요. 경제 수역은 자기 나라의 육지로부터 200해리, 약 370킬로미터 범위 내에서 수산 자원, 광물 자원 등의 탐사와 개발에 관한 권리, 즉 그 바다 안에 있는 모든 경제적 권리를 갖게 되는 걸 말해요.

문제는 우리나라가 주변의 나라와 거리가 가까워 경제 수역이 겹치는 부분이 많다는 거지요. 그래서 국가 간의 합의를 통해 경제 수

역을 35해리로 정하고 나머지 부분은 공동

으로 관리하는 중간 수역으로 정했어요. 이

중간 수역에 우리의 독도가 위치해 있어서 일본이

독도를 자기네 땅이라고 주장할 수 있는 계기가 또 만들어지게

된 거예요.

하지만 독도가 우리나라 영토임을 증명하는 역사적 자료는 많이 있어요. 《삼국사기》에는 독도가 울릉도와 함께 우산국이었으나 서기 512년에 신라에 귀속했다고 쓰여 있어요. 《고려사 지리지》, 《세종실록지리지》, 《신증동국여지승람》, 《성종실록》, 《증보문헌비고》 등에서도 계속 언급되고 있고요. 조선의 문서에는 3년에 한 번씩 울릉도와 그 주변 섬에 관리를 보내 살폈다는 기록도 있어요. 또한 일본 메이지 정부의 최고 국가 기관인 태정관에도 울릉도와 독도는 조선의 영토임을 확인한다는 결정문이 있고, 독도를 한국 영토로 그린 일본 지도인 '총회도'도 있답니다.

지리적으로 따져도 일본의 오키 섬에서 독도까지의 거리보다 울릉도에서 독도까지의 거리가 훨씬 가까워요. 그런데 일본은 여전히 독도가 자신들의 땅이라고 우기고 있는 거예요.

일본 정부의 계속된 독도 영유권 주장은 우리나라의 주권을 넘보는 아주 위험한 일이에요. 그렇기 때문에 우리는 독도를 지키기 위해 애쓰는 거지요. 그러려면 누군가가 왜 독도가 너희 땅이냐고 물었을

때 당당하고 조리 있게 그 이유를 말할 줄 알아야겠지요? 우리의 자랑스러운 영토인 독도를 다시는 일본에 빼앗기는 일이 없도록, 우리 모두 독도에 대한 올바른 지식을 가지고 지속적인 관심과 애정으로 지키도록 해요.

5

우리는
약하지 않아요

"모두 이리로 모이세요!"

담임 선생님의 말씀에 아이들은 둥그렇게 모였어요.

"자, 지금부터 독립 기념관을 둘러볼 거예요. 여기선 떠들거나 뛰

어다니면 안 되니 모두들 조용히 관람하도록 하세요."

선생님의 말씀에 윤지의 얼굴이 시무룩해졌어요.

'재미없게 이런 데는 왜 오는 거람.'

시무룩한 윤지와는 다르게 역사를 좋아하는 혜민이는 벌써부터 설

레는 모양이었어요.

"이야, 나 여기 진짜 와 보고 싶었는데!"

"뭐? 여기 와 보고 싶었다고? 난 이런 데가 제일 재미없더라."

"그래? 그래도 둘러보다 보면 너도 역사에 관심이 많아질 거야! 여기 기념관에는 고문실도 있다던데. 좀 떨린다."

"고문실? 그런 게 여기에 있다고?"

"응, 일제 강점기 때 우리 독립투사들을 잡아다 가두고 고문하던 모습을 인형으로 재현해 놓은 곳이래."

뜻밖의 이야기에 윤지도 슬슬 호기심이 생기기 시작했어요.

"우리나라는 1910년부터 1945년까지 일본에게 나라를 빼앗겼어요. 그 때문에 우리나라 사람들은 많은 피해를 입었고 씻을 수 없는 상처를 받았어요. 독립 기념관은 일제에 대항한 우리의 조상들이 펼친 독립운동에 관한 유물과 자료를 모아 둔 곳이에요."

선생님의 설명을 들으며 아이들은 기념관 내부로 들어갔어요.

"선생님, 우리나라는 힘이 약했어요? 왜 일본을 이기지 못했나요?"

전시물을 둘러보며 진욱이가 선생님께 질문했어요. 그러자 반 아이들은 너도나도 자신들이 알고 있는 것을 이야기하기 시작했어요.

"일본이 우리를 다스렸기 때문에 우리나라가 발전할 수 있었다는 글을 인터넷에서 본 적이 있어요!"

"맞아요! 일본이 철도도 놓고 병원도 세워 줬대요!"

"진짜? 그럼 일본이 우리를 도와준 거야?

그때 아이들의 말을 듣고 있던 혜민이가 얼굴을 붉히며 외쳤어요.

"아니야! 그건 일본이 거짓말하는 거야!"

그러자 선생님께서 말씀하셨어요.

"그래요. 여러분, 혜민이의 말이 맞아요. 일본은 우리나라를 침략한 것을 정당화시키기 위해서 마치 우리가 원래 나약하고 역사도 짧은 나라인 것처럼 거짓말을 해 왔어요. 스스로 발전할 수 있는 능력이 없는 나라였기 때문에 일본이 도와주었다는 식으로 말이에요."

아이들의 표정은 사뭇 진지해졌어요. 윤지도 기념관 내부의 엄숙한 분위기에 이끌려 선생님의 말씀을 경청했어요. 하지만 윤지는 왠지 친구들이 아까 말했던 이야기도 틀린 말 같지는 않았어요. 그래서 조용히 혜민이에게 물었어요.

"그런데 애들이 아까 말한 일본 덕분에 우리가 발전했다는 이야기

도 맞는 말 같지 않아? 가난한 우리나라가 일본이 아니었다면 어떻게

철도를 놓을 수 있었겠어?"

"바로 그렇게 생각하도록 만드는 게 일본이 원하던 일이야. 일본이 아니어도 우리나라는 우리 힘으로 발전할 수 있었어. 그런데 일본은 우리가 스스로 발전할 수 있는 기회를 빼앗아 버리고는 자기들 덕분에 발전할 수 있었으니 고마워하라고 말하는 거잖아. 일본이 우리에게 한 행동을 생각해 봐. 만약에 누가 네 얼굴을 마구 때렸다고 생각해 봐. 그러고는 '네가 힘이 약해서 맞은 것뿐이다.'라고 말한다면 네 기분은 어떻겠니?"

"당연히 아주 나쁘겠지!"

혜민이의 말에 윤지가 대답했어요.

"그렇지? 일본이 그런 식으로 우리나라를 대한 거야. 우리가 약했기 때문에, 가난했기 때문에 침략한 거라고 말이야."

할 말이 없어진 윤지는 조용히 기념관 내부를 둘러보았어요. 기념관의 벽에는 나라를 위해 싸운 독립운동가들의 모습이 그려져 있었어요.

"조선인은 자기 힘으로 하는 것이 없다. 무력에서도 문명이란 점에서도 자기 힘으로 이룬 바가 없다. 그래서 늘 큰 나라의 눈치를 보고, 큰 나라를 따르는 것을 목적으로 삼는다."

이 말은 시라도리라는 일본의 역사학자가 한 말이에요. 조선은 스스로 독립을 할 수도, 발전할 수도 없으므로 누군가의 지배를 받아야 한다는 뜻이지요. 일본은 우리나라를 침략하면서 '일본의 도움과 지배를 받는 것이 조선의 발전에 유리하다.'라는 식의 논리를 내세웠는데, 이를 '식민 사관'이라고 불러요. 식민 사관은 일본이 한국 침략과 식민 지배를 정당화하기 위해 조작해 낸 역사관이에요. 한국과 일본이 동일한 조상을 가진 하나의 민족이라고 주장하는 일선동조론, 한국이 사회 변화에 제대로 적응하지 못해서 발전할 수 없었다고 주장하는 정체성론, 우리나라의 역사는 다른 나라에 의해 좌우되었다고 주장하는 타율성론, 우리나라 사람들이 편을 갈라서 서로 싸우느라고 역사를 제대로 발전시키지 못했다고 주장하는 당파성론 등이 식민 사관에 속하지요.

하지만 일본의 이러한 주장은 사실이 아니에요. 일본은 우리나라가 고대에서 발전 없이 그대로 정체되었다고 주장하지만 이는 사실과 달라요. 조선 후기는 전기에 비해 많은 변화가 있었어요. 상공업의 발달로 경제 성장이 이루어지고 있었거든요. 양반 중심이었던 사회는 부를 축적한 농민이나 상인 등 새로운 사회 계층으로 나아가고 있었어요. 이는 우리의 역사가 끊임없이 발전하고 있었다는 것을 보여 주는 예라 할 수 있어요.

또한 우리가 주변 국가에 의해 항상 침략을 받아 왔고 의존해 왔다는 주장도 맞지 않아요. 고려 시대 때만 해도 여진, 거란, 몽골 등 우리를 침략한 나라와 항쟁하면서 나라를 지켰고, 조선 시대 때도 일본의 침략을 막아 내었지요. 이는 다른 나라에게 의존한 것이 아니라 우리 스스로 나라를 지키고 주체성을 유지했다는 것을 의미해요.

양반들의 당파 싸움 때문에 나라가 발전하지 못했다는 점도 사실과 달라요. 붕당 정치는 정치인들이 서로 견제하는 가운데 균형을 유지하는 체제예요. 이는 현재 정치에서도 볼 수 있어요. 서로 다른 당을 만들어 한쪽으로 권력이 치우치는 것을 막고, 더 발전적인 정치를 유도하는 거지요. 물론 붕당 정치의 성격이 변해서 세도 정치라는 안 좋은 정치 형태를 만들어 내기도 했지만, 붕당 정치 때문에 조선이 발전하지 못했다는 이야기는 전혀 맞지 않아요. 이는 일본이 우리나라가 일본에게 침략 당할 수밖에 없다는 근거로 쓰기 위해 왜곡한 거예요.

여러분, 우리가 우리 역사에 자부심을 가지는 것은 매우 중요한 일이에요. 우리 역사를 자랑스럽게 여기고 사랑하는 것이 왜곡된 역사의 모든 거짓말로부터 우리를 보호할 수 있는 가장 좋은 방법임을 잊지 마세요.

고구려는 우리 역사예요

"우아! 엄청 크다!"

혜빈이가 탄성을 질렀어요.

"아빠! 이거 보세요!"

"혜빈아, 뛰지 말고 천천히 가렴."

혜빈이는 눈앞에 펼쳐진 모든 것이 신기했어요. 처음 보는 광경에

눈이 휘둥그레졌지요.

혜빈이는 방학을 맞아 부모님과 중국으로 가족 여행을 왔어요. 외

국 여행이 처음인 혜빈이는 너무 기뻐서 흥분을 감추지 못했어요.

"자, 저를 따라 이쪽으로 오세요!"

한국인 가이드 아저씨의 안내를 받으며 혜빈이네 가족은 중국의 이곳저곳을 구경했어요. 만리장성, 자금성 등 텔레비전에서만 보던 유명한 유적지를 볼 때마다 혜빈이는 친구들에게 자랑하기 위해 열심히 사진을 찍었어요.

'우리나라와는 비교도 안 되는구나. 화려하고 멋진 건축물도 많고.'

혜빈이는 엄청난 규모의 궁궐을 바라보며 이렇게 생각했어요. 확실히 우리나라 유적지를 봤을 때와는 다른 기분이었어요.

"아빠, 우리나라 궁궐보다 중국의 궁궐이 훨씬 멋있는 것 같아요. 볼 것도 더 많고요!"

"그렇게 생각하니? 아빠가 생각하기에는 우리나라 궁궐은 우리만의 멋이 있고, 이곳은 이곳만의 멋이 따로 있는 것 같은걸! 혜빈이가 이곳을 좋아하니 아빠도 좋구나. 그렇게 여기가 마음에 드니?"

아빠가 혜빈이의 머리를 쓰다듬으며 말씀하셨어요.

"네, 아빠! 아주 마음에 들어요."

그때였어요. 저쪽에서 시끄럽게 떠드는 소리가 들렸어요. 한 무리의 사람들이 팻말을 들고 뭐라 소리치고 있었어요.

"가이드 아저씨, 저 사람들은 뭐하고 있는 거예요?"

"우리 고구려가 중국의 소수 민족이 세운 지방 정권이라고 하네요."

혜빈이의 질문에 어두운 표정으로 가이드 아저씨가 말씀하셨어요.

"네? 고구려가 중국의 것이란 말인가요?"

"네. 고구려뿐만 아니라 고조선, 부여, 발해 모두 중국의 역사라고 주장하고 있어요."

가이드 아저씨의 설명에 많은 한국인 관광객이 술렁거렸어요.

"아빠, 고구려는 고주몽이 세운 나라가 아니에요? 그런데 왜 고구려가 중국의 것이에요? 우리 민족이 세운 나라잖아요."

혜빈이가 아빠를 올려다보며 물었어요.

"저런 게 바로 역사를 왜곡하는 거란다. 중국은 많은 민족으로 구성되어 있는 나라여서 통치하기가 쉽지 않아. 이중 가장 많은 비중을 차지하는 한족을 제외한 다른 민족을 소수 민족이라고 한단다. 중국 정부는 이들이 중국의 통치에 반대하고 독립을 주장할까 봐 항상 우

려하고 있지. 우리가 만주라고 부르는 둥베이 지방에는 우리 민족인 조선족이 많이 살고 있어. 그래서 고구려를 중국의 소수 민족이 세웠던 나라라고 주장해서 고구려사를 중국 역사에 포함시키려는 거란다."

아빠의 설명을 들으니 중국의 화려한 볼거리에 즐거웠던 기분이 싹 가셨어요. 중국이 제멋대로 자신들의 이익을 위해 우리나라의 역사를 왜곡하고 있단 사실에 기분이 나빴어요.

'위대한 역사를 가진 멋진 나라라고 생각했는데, 남의 역사나 빼앗으려 하는 나라였다니……. 왜 저렇게 심한 거짓말을 하는 걸까?'

혜빈이는 역사를 왜곡하는 중국이 미워지면서 우리 역사에 자부심을 갖지 못했던 자신이 부끄러워지기 시작했어요. 그리고 한국으로 돌아가면 우리 역사에 대해 제대로 공부해야겠다고 다짐했답니다.

중국은 고구려 역사를 중국사에 넣기 위한 연구를 추진했어요. 이를 동북공정이라고 해요. 여기서 '동북'은 중국 둥베이 지방, 즉 만주를 뜻하고, '공정'은 연구 활동을 뜻해요.

중국은 현재 중국 영토 안에서 살고 있는 모든 민족을 통틀어서 중화 민족이라고 부르는데, 중화 민족의 역사는 모두 중국사라고 주장하고 있어요. 이 주장대로라면 둥베이 지방에 살고 있는 조선족도 중화 민족에 해당하게 돼요. 그러니까 자연히 조선족의 역사도 중국사가 되는 것이지요.

이런 논리로 중국은 고구려가 중국의 소수 민족이 세운 지방 정권이라고 주장하고 있는 거예요. 또 발해는 당나라 현종이 대조영을 군왕으로 임명하였을 뿐, 말갈족으로 이루어진 지방 정권이기 때문에 중국의 역사에 포함된다고 그전부터 주장해 왔었고요.

중국이 고구려사가 중국 역사라고 주장하는 근거는 무엇일까요?

첫 번째는 고구려인은 여진족이 세운 부여 출신이므로 여진족과 같은 민족이라는 주장이에요. 하지만 고구려는 여진족만으로 구성된 나라가 아니에요. 한민족인 예맥족도 많았고, 거란족들도 살았어요. 특히 예맥족은 고구려를 운영하는 중심으로, 한반도와 만주 일대에 거주하면서 우리 민족의 주류가 되는 민족이었어요.

두 번째는 고구려가 중국에 조공을 바쳐 왔으므로 중국의 속국이라는 주장이에요. 조공은 중국 주변에 있는 나라들이 중국에 사절을 보내 예물을 바치는 것을 말해요. 고구려가 중국에 조공을 한 것은 사실이에요. 하지만 이는 하나의 외교 정책일 뿐이었어요. 당시에 조공은 고구려뿐 아니라 다른 여러 나라에서도 했던 것으로, 고구려와 중국 사이에만 있었던 일도 아니에요. 그런데 국가들이 필요에 따라 주변 나라들과 외교 관계를 유지하기 위해 택했던 정책을, 중국은 고구려를 통치했다는 식으로 왜곡하고 있는 거예요.

세 번째, 수나라와 당나라가 차례대로 펼친 고구려와의 전쟁이 소수 민족 세력을 굴복시키기 위해 펼친 중국의 통일 전쟁이었다는 주장이에요. 당시 중국은 여러 나라로 나뉘어졌다가 6세기 말에 수나라가 이를 통일했어요. 수나라는 고구려까지 굴복시키려고 공격을 했지요. 하지만 이 전쟁에서 수나라는 100만 명이 넘는 병력을 동원했는데도 고구려를 이기지 못했어요. 이 전쟁은 수나라의 뒤를 이은 당나라와 고구려 사이에도 계속되었어요.

중국은 대체 왜 동북공정을 하는 걸까요?

중국은 한족과 그 밖의 많은 소수 민족으로 이루어진 국가로, 국토도 매우 넓어서 안정된 통치를 하기가 매우 힘이 들지요. 중국이 역

사를 왜곡하는 이유는 소수 민족의 독립을 막고 안정된 통치를 하기 위해서예요.

특히 중국은 한국과 수교 이후 둥베이 지방에 사는 많은 조선족이 돈을 벌기 위해 한국에 가는 것을 보고 불안감을 느꼈어요. 만일 둥베이 지방에 어떤 문제가 생겼을 때 조선족들이 중국을 버리고 한국을 택할지 모른다는 우려 때문이었어요. 불안정한 북한의 정세는 이런 우려를 더 크게 했어요. 그래서 둥베이 지방에 살고 있는 조선족을 비롯한 소수 민족에 신경을 쓰기 시작했고, 그들에게 같은 중국인이라는 의식을 심어 주기 위해 동북공정을 하게 된 것이에요.

또 하나의 이유는 우리나라가 남북통일이 되었을 때를 미리 대비하기 위해서예요. 통일이 되어 북한 정권이 붕괴되면 북한의 영토를 소유하려는 것이지요. 북한의 영토를 빼앗으려면 역사적 명분이 있어야 해요. 그래서 고구려를 중국의 역사로 만들어 "고구려가 예전에 우리 땅이었으니까 옛 고구려 땅에 세워진 북한도 우리 땅이다."라고 주장하려는 거예요.

이러한 중국에 대응하기 위해 우리 정부도 뒤늦게 동북공정에 대비한 기구를 설립했어요. 하지만 아직 미흡한 점이 많기 때문에 계속해서 체계적으로 연구해야 해요. 학문적으로는 객관적 자료들을 모아 중국의 주장에 반박할 근거들을 세워야 해요. 정부도 주도적으로 역사를 왜곡하는 중국 정부에게 강력한 항의를 계속해야 하고요.

하지만 학자와 정치인들만의 힘으로는 부족해요. 무엇보다 국민 모두의 관심과 애정이 있어야 큰 힘을 발휘할 수 있는 거랍니다. 자부심을 가지고 역사를 지키기 위해 여러분도 우리 역사에 많은 관심을 가져 보세요.

PART 2

역사 왜곡,
이렇게 고쳐요

역사 왜곡이
왜 나빠요?

선생님은 며칠 전에 한 통의 메일을 받았어요. 꽤 긴 내용이었지요. 메일을 읽고 선생님은 깊은 고민에 빠졌어요.

그것은 은이에게서 온 메일이었어요. 은이는 독서를 좋아하고, 수업 시간에도 집중해서 잘 듣는 조용한 성격의 학생이에요. 그런 은이가 처음으로 선생님에게 자신의 마음속에 있는 고민을 털어놓은 것이지요. 선생님은 다시 한 번 메일을 찬찬히 읽어 보았어요.

선생님, 안녕하세요. 저 은이에요.

제가 선생님께 메일을 쓰는 이유는 최근에 고민이 하나 생겼기 때문이에요.

요즘 친구들 때문에 마음이 답답하고 너무 우울해요. 몇 달 전 형민이가 자신이 즐겨 찾는 사이트를 저와 진구, 상원이한테 알려 주었어요. 재미있는 게시물이 많이 올라오는 곳이라고 해서 들어가 보았어요. 처음엔 웃긴 글이나 사진들이 재밌어서 자주 들어갔어요. 제가 좋아하는 정치나 역사와 관련된 글도 많이 있어서 흥미 있게 봤고요.

그런데 며칠 전부터 이상한 글들이 올라오더라고요. 제가 책에서 읽거나 학교에서 배운 것과는 전혀 다른 글이었어요. 5·18민주화운동에 대한 글이었는데, 정말 끔찍한 말들이 쓰여 있었어요. 댓글은 더 심각했고요. 광주 시민들은 독재 정부에 대항하다가 정부의 지나친 진압에 많은 피해를 입었는데, 그런 광주 시민들에게 차마 입에 담지 못할 말들을 아무렇지도 않게 하고 있었어요.

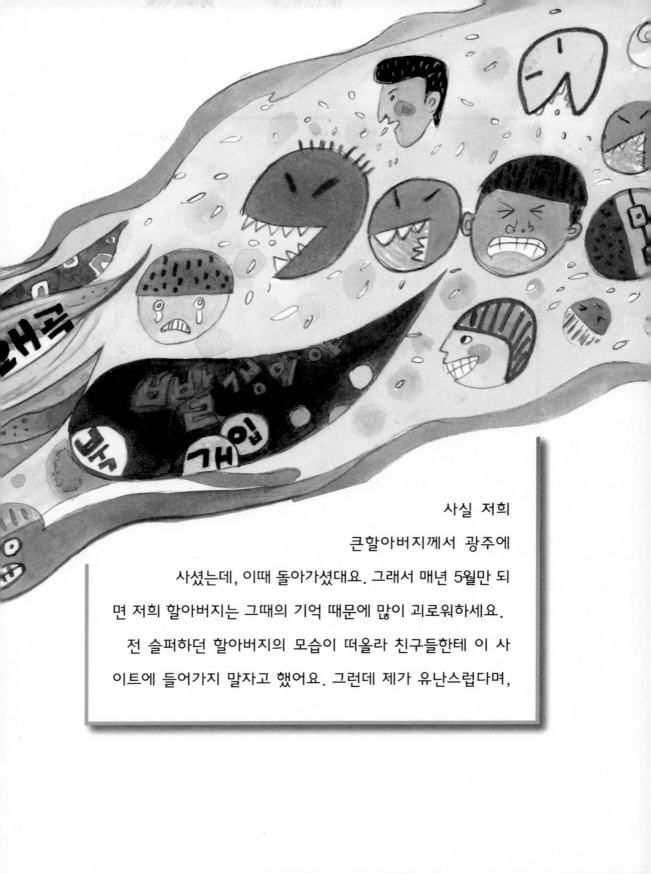

사실 저희 큰할아버지께서 광주에 사셨는데, 이때 돌아가셨대요. 그래서 매년 5월만 되면 저희 할아버지는 그때의 기억 때문에 많이 괴로워하세요.

전 슬퍼하던 할아버지의 모습이 떠올라 친구들한테 이 사이트에 들어가지 말자고 했어요. 그런데 제가 유난스럽다며,

그 사람들이 왜 거짓말을 하겠냐고 했어요. 제가 할아버지께 들은 얘기를 알려 주니 오히려 제가 알고 있는 것들이 거짓이라는 거예요.

선생님, 정말 그런가요? 제가 책에서 보고 읽은 내용이 거짓인가요? 친구들이 그때의 이야기를 웃음거리로 만들 때마다 너무 서운해요. 할아버지께도 죄송하고요. 가끔은 헷갈릴 때도 있어요. 정말 내가 알고 있는 게 사실이 아닌 건가 하고요. 하지만 그게 아니라 제가 알고 있는 게 맞는 거라면 어떡해야 하지요? 아무리 제가 이야기해도 친구들은 들으려고도 하지 않아요.

전 선생님께서 수업 시간에 5·18민주화운동에 대해 정확하게 말씀해 주셨으면 좋겠어요. 자신들은 아무렇지도 않게 받아들일지 몰라도 그 당시 살았던 분들에겐 또 다른 상처로 남는다는 걸 말이에요.

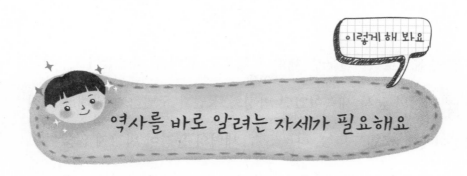

이렇게 해 봐요

역사를 바로 알려는 자세가 필요해요

우리나라의 민주화 운동에 대해 얼마나 알고 있나요? 일제 강점기를 이겨 낸 우리나라는 대한민국 정부를 세웠어요. 그러나 광복의 기쁨도 잠시, 6·25 전쟁으로 모든 것이 폐허가 되었어요. 많은 사람이 죽었고 살아남은 사람도 가난에 허덕였지요. 당시의 정부는 다시 전쟁이 일어나지 않도록 공산주의를 막고, 가난을 극복한다는 경제 개발의 명분하에 독재 정치를 시작하였고, 민주주의는 점점 시들어 갔어요.

그래도 사람들은 민주화를 포기하지 않았어요. 그중 5·18민주화운동은 사람들이 민주주의를 위해 싸운 역사적 사건이에요.

1979년 10월 26일, 박정희 전 대통령이 사망하면서 18년 간 지속된 군사 정권은 막을 내렸어요. 그런데 이를 틈타 전두환 전 대통령을 중심으로 한 신군부 세력이 힘으로 권력을 빼앗았어요. '신군부'는 이전의 군사 세력이었던 박정희 정권과 구별하기 위해 붙여진 명칭이에요. 국민들은 또 다른 군부 세력의 등장이 반갑지 않았어요. 민주주의에 큰 걸림돌이 될 것이라고 생각했기 때문이에요. 이러한 우려 때문에 1980년 봄부터 민주화를 요구하는 목소리가 높아졌어요.

그해 5월, 전국에서 민주주의를 요구하는 집회와 시위가 열렸어요. 광주에서는 전남대와 조선대 학생들의 주도로 시국 성토대회가 연일 개최되었지요. 시국 성토대회란 나라의 잘못된 정치적인 동향을 여러 사람이 소리 높여 이야기하는 모임이에요. 학생들은 5월 14일이 되자 광주 도심으로 나갔어요. 시민들도 합류하면서 그 규모는 점점 커졌지요. 이러한 집회와 시위는 5월 16일까지 계속되었어요.

시위가 점차 확대되자 신군부는 5월 14일부터 공수 부대를 투입하였어요. 그러다 17일 밤 11시 40분 비상계엄령을 선포하였지요. 계엄령은 국가에 비상사태가 일어나거나 공공질서를 유지시킬 목적으로 군사권을 발동하는 거예요. 아무 때나 쓸 수 있는 것이 아니라 국가적으로 긴급한 일이 있을 때 사용하는 대통령 고유 권한이지요. 그런데 신군부는 단지 시위대를 진압하기 위해 계엄령을 선포한 거예요. 도시에 총을 든 군인과 탱크가 들어오게 된 거지요.

신군부는 계엄령을 선포한 뒤 학생들의 집회와 시위를 막기 위해 각 대학의 문을 강제로 닫고 계엄군이 지키게 했어요. 광주 지역의 대학생들은 학교에 들어갈 수 없게 되자 "계엄군은 물러가라!", "비상계엄을 즉각 해제하라!" 등을 외치며 거리로 나와 다시 시위에 나섰어요. 그러자 공수 부대를 비롯하여 무장한 계엄군은 시위대를 강경하게 진압했어요. 많은 대학생과 시위대가 다쳤고, 이를 지켜보던 시민들이 시위대에 가담하면서 시위는 더욱 격렬해졌어요. 결국 계엄군은 시민들을 향해 총을 쏘기까지 했고, 이 때문에 많은 광주 시민이 죽거나 다쳤어요. 그러자 이에 맞서 시민들은 경찰서 등에 있던 무기로 무장을 하고 시민군을 만들어 총을 쏘며 저항했어요. 일시적으로 광주 시내에서 계엄군을 몰아내기도 했지만, 직업 군인을 이길 수는 없었지요. 결국 5월 27일에 시민군의 근거지인 광주 도청을 계엄군이 강제로 점령하면서 광주 시민의 저항은 끝을 맺었답니다.

5·18민주화운동이 끝난 후, 당시 신군부 세력들은 자신들의 잘못을 인정하지도, 사과하지도 않고 사건을 축소하기에만 급급했어요. 다른 지역의 사람들은 신군부 세력의 통제로 광주에서 어떤 일이 있었는지 잘 알지 못했고요. 그러다 1988년에 이르러서야 오랫동안 가려져 있던 진실들이 세상에 밝혀지기 시작했어요. 신군부 세력은 재판을 통해 처벌을 받았고, 5·18민주화운동의 희생자들에게는 국가에서 피해 보상을 해 주었어요. 하지만 당시 가족을 잃은 광주 시민과 전남 도민들은 아직도 5월만 되면 슬픔에 빠진답니다.

2009년에 광주광역시에서 5·18민주화운동 당시의 피해자 수를 조사한 바에 따르면 사망자는 165명, 누구인지 확인되지 않아 묘비명도 없는 희생자가 5명, 다친 뒤 숨진 사람이 101명, 사라진 사람이 166명, 부상자는 3,139명, 기타 피해자는 1,589명으로 총 5,165명이라고 해요.

그런데 이렇게 힘들게 진실이 밝혀진 우리나라의 역사가 계속 왜곡되고 있어요. 2013년에 5·18 역사 왜곡 대책 위원회는 5·18민주화운동을 사실과 다르게 말하며 가치를 깎아내린 혐의로 A 방송국 관계자 등 10명을 고소했어요. 5·18민주화운동에 북한군이 개입했다는 거짓말을 방송에 사실인 것처럼 내보냈기 때문이에요. 인터넷 사이트에 게시된 악성 게시물에 대해서도 형사 고발이 이루어졌어요. 당시의 참혹한 현장이 담긴 사진 등을 올리면서 차마 입에 담지 못할 모욕적인 말들로 상처 입은 유가족들에게 정신적 피해를 안겨 주었거든요. 그들은 대부분 학생이었고 단지 '장난이었다.'는 식으로 변명을 했어요.

역사는 우리뿐만 아니라 우리의 후손들도 배워야 할 소중한 가치예요. 그런데 이렇게 진실을 왜곡하게 되면 후손들은 잘못된 역사 인식을 갖게 될 거고, 거짓말을 진실인 것처럼 배우게 될 거예요.

우리가 자유롭게 생활할 수 있는 것은 민주주의를 위해 희생하신 많은 분이 있기 때문이에요. 그분들을 위해서라도 우리의 역사를 바로 알려고 노력하는 자세가 필요하겠지요?

잘 모르고
사용했어요

2

"이야! 사람들 진짜 많다!"

"그러게, 진짜 엄청 많네!"

승균이가 친구들을 이끌고 경기장 아래로 재빠르게 내려갔어요.

많은 관중으로 이미 경기장의 좌석은 대부분 차 있었지요.

"예매 안 했으면 큰일 날 뻔했어."

"그러게. 우리 자리 완전 좋다!"

부모님을 졸라 한국과 일본의 축구 경기를 예매한 승균이는 괜히

뿌듯했어요. 지정석에 앉자 탁 트인 경기장이 한눈에 보였지요.

"저기 봐!"

"우아! 멋지다!"

용호가 가리키는 곳에는 붉은 응원복을 입고 태극기를 흔드는 우리나라의 응원단이 보였어요.

"오~ 필승 코리아! 오~ 필승 코리아!"

응원단의 함성과 응원 소리가 경기장에 가득 울려 퍼졌어요. 그 덕분에 승균이와 친구들의 심장도 두근두근 뛰었지요.

"얘들아, 저기 봐! 저쪽이 일본 응원석인가 봐."

재준이가 오른쪽을 가리키며 말했어요. 파란 응원복을 입은 일본 응원단이 일장기를 흔들며 목청껏 소리치고 있었어요.

"오늘은 꼭 이겨야 하는데!"

셋은 긴장한 표정으로 경기가 시작되기만을 기다렸어요. 몸을 풀기 위해 양국 선수들이 운동장으로 나오고 있었지요.

그런데 그때였어요. 갑자기 우리 관중들이 일어서서 일본 응원석을 향해 야유를 퍼붓기 시작했어요.

"아직 시작도 안 했는데 왜들 그러지?"

"상대가 일본이라서 그러는 거 아닐까?"

승균이와 친구들은 사람들이 왜 야유를 퍼붓는지 몰랐어요. 그저
원래 일본과는 사이가 안 좋으니까 으레 있는 일이라고 생각했어요.

"어떻게 저걸 들고 들어올 수 있지?"

"관리 요원들은 뭐하는 거야? 빨리 압수하지 않고!"

승균이의 옆에 앉아 계시던 어른들도 불
같이 화를 내셨어요. 무엇 때문에 사람
들이 화가 났는지, 무엇을 압수
하라는 건지 승균이는

궁금했어요.

"아저씨, 왜 그러시는 거예요? 일본 사람들이 뭐 이상한 걸 가지고 왔나요?"

앞에 있는 아저씨께 승균이가 조심스레 물었어요.

"저기 일본 응원단석을 한번 보렴. 지금 일본 응원단이 흔들고 있는 깃발이 보이지? 저게 바로 욱일기라는 거란다."

아저씨가 가리키는 곳을 바라본 승균이와 아이들은 일본 응원단이 흔드는 깃발 중 일장기와 다르게 생긴 깃발을 발견했어요.

"욱일기요? 저 깃발이 뭘 뜻하는 건데요?"

"욱일기는 일본이 예전에 침략 전쟁을 할 때 사용하던 깃발이야. 다른 나라를 무력으로 침략한다는 제국주의를 상징하고 있지. 우리처럼 일본에게 피해를 입은 나라에선 절대 사용해선 안 되지!"

아저씨의 설명을 들은 아이들의 표정은 밝지 않았어요.

"저 깃발이 그런 의미를 갖고 있었는지 정말 몰랐어."

"그러게. 만화책에서 자주 봤던 깃발인데."

"지난번에 어떤 가수가 저 문양이 들어간 티셔츠를 입고 나온 걸

본 적이 있어. 그땐 멋있다고 생각했었는데.”

　힘차게 펄럭이는 욱일기를 보며 아이들의 마음은 무거워졌어요.

나부터 관심을 가져요

　2013년 4월, 영국의 유명 록 밴드의 신곡 뮤직비디오가 인터넷을 통해 전 세계에 공개되었었어요. 그런데 우리나라에도 많은 팬을 확보하고 있는 이 록 밴드의 뮤직비디오는 공개되자마자 한국 팬들에게 뭇매를 맞아야 했어요. 그 이유는 무엇이었을까요?

　문제는 영상 초반에 곡의 제목이 떠오르면서 함께 등장한 일본의 욱일기였어요. 한국 팬들은 곧바로 문제를 제기했고, 해당 록 밴드는 SNS를 통해 ‘우리는 욱일기가 어떤 것을 의미하는지 전혀 몰랐다.’

며 해당 영상을 삭제했어요. 하지만 한국 팬들의 분노는 쉽사리 가라앉지 않았지요. 도대체 욱일기에는 어떤 의미가 담겨 있는 걸까요?

욱일기는 일본의 국기인 일장기에서 붉은 햇살이 주위로 퍼져나가는 모습을 담은 깃발이에요. '떠오르는 태양의 기운'이란 뜻 때문에 욱일승천기라고도 불려요. 예전에 침략 전쟁을 일으켰던 일본의 제국주의를 뜻하는 깃발이지요. 1945년에 일본이 제2차 세계 대전에서 패배하면서 사용이 금지되었다가, 1954년에 일본 해상 자위대가 옛 일본 해군이 사용했던 16줄기 햇살의 욱일기를 군기로 제정하면서 다시 사용하게 되었어요. 육상 자위대는 6줄기 햇살로 줄인 욱일기를 사용하고 있고요.

일본에게 피해를 입은 아시아 국가들은 일본 제국주의와 군국주의의 상징인 욱일기를 거는 일을 철저히 금지하고 있어요. 그럼에도 스포츠 경기에서 일본 응원단이 욱일기를 들고 응원하는 모습이나 일본의 극우파들이 욱일기를 들고 시위하는 모습을 종종 볼 수 있지요. 반성은커녕 오히려 자랑스럽게 제국주의의 상징인 욱일기를 휘날리는 그들의 모습에 우리 국민들은 분노할 수밖에 없는 거예요.

　욱일기 말고도 세계에서
금지하고 있는 깃발이 또 있는데,
바로 유럽의 '하켄크로이츠'예요. 유럽에
서는 우리보다 더 하켄크로이츠 사용을
엄격하게 금지하고 있지요.

　하켄크로이츠는 '갈고리의 십자가'라는
뜻으로 독일 나치즘을 상징해요. 독일이
최고라는 것과 유대인을 거부한다는 뜻의
이 문양은 나치당의 깃발과 완장 등에 사용되었어요. 일본과 마찬가
지로 다른 나라를 침략할 때 썼기 때문에 오늘날까지도 독일에서는

이 문양의 사용을 법으로 금하고 있어요. 독일뿐만 아니라 유럽 전역에서 금기시되고 있지요. 그런데 일본은 오히려 정부가 나서서 욱일기가 법적으로 아무 문제도 없다는 이치에 맞지 않는 말을 계속하고 있어요.

문제는 이 욱일기가 어떤 의미인지 모르고 사용하는 사람들이 늘어나고 있다는 거예요. 우리나라의 어떤 아이돌은 욱일기가 새겨진 티셔츠나 재킷을 아무렇지도 않게 입고 나오고, 뮤직비디오에 욱일기를 연상케 하는 이미지를 넣기도 했어요. 많은 사람이 보는 일본 유명 만화책에도 욱일기가 많이 등장하고 있고요. 그럴 때마다 우리는 잘못된 것을 바로잡아 달라고 요구할 줄 알아야 해요. 영국의 록 밴드의 팬들이 즉각 문제를 제기한 것처럼 말이에요.

역사에 대해 "몰랐다."고 말하는 것은 자랑스러운 게 아니에요. 부끄러운 일이지요. 한국인으로서 우리의 역사를 제대로 배워서 알고, 다 함께 지켜 나가도록 노력해요.

3

크나큰 고통인 걸
올라줘요

　　연수는 검은색 원피스를 꺼내 입었어요. 눈에는 눈물이 가득 고여

있었지요. 아직도 어제 들었던 소식이 믿겨지지 않았어요.

　　"연수야. 준비 다 했니?"

　　엄마의 목소리에 연수는 거실로 나갔어요.

　　"엄마, 으아앙!"

　　연수는 엄마의 품에 안겨 울음을 터뜨렸어요. 마음이 너무 아파서

눈물이 그치지 않았어요. 그런 연수를 엄마는 꼭 안아 주었어요.

"얼른 가서 할머니께 작별

인사 해야지. 연수를 기다리고 계실 거야.

그러니 그만 울렴."

엄마의 말씀에 연수는 힘겹게 눈물을 멈추

었어요.

병원의 장례식장에 가자, 많은 사람이 이미 와

있었어요. 연수가 얼굴을 아는 사람부터 모르는 사

람까지, 그리고 방송국 카메라도 여러 대 보였지요.

여기저기서 슬퍼하는 목소리가 들려왔어요. 연

수는 엄마의 손을 꼭 잡고 할머니의

영정 사진 앞에 섰어

요. 사진 속에서

환하게 웃고 계

신 할머니의

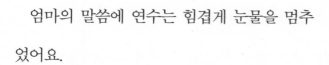

모습을 보자 연수의 마음은 또 다시 슬퍼졌어요.

엄마를 따라 나눔의 집으로 봉사 활동을 가게 된 것은 작년 가을쯤 이었어요. 할머니들만 모여 계신 나눔의 집이 연수는 따분하기만 했 어요. 하지만 엄마는 계속 연수를 데리고 나눔의 집을 찾아갔어요.

"네가 연수구나? 아주 예쁘게 생겼네."

그런 연수에게 사탕을 주며 말을 건넨 분이 삼례 할머니셨어요. 할 머니의 고향이 삼례여서 붙여진 별명이래요. 삼례 할머니는 마치 외 할머니처럼 연수를 예뻐하셨어요. 연수가 나눔의 집에 갈 때면 할머 니는 맛있는 과자나 사탕을 연수 손에 하나씩 쥐어 주셨어요. 그러고 는 자리에 앉아 재미있는 옛날이야기를 해 주셨어요. 연수는 금방 삼 례 할머니와 친해졌어요. 삼례 할머니를 보러 가자고 엄마에게 조를 정도였으니까요.

연수는 삼례 할머니가 왜 가족도 없이 나눔의 집에 머물고 있는지 궁금했어요. 그래서 할머니께 넌지시 물어보았지요.

"할머니는 가족이 없으세요? 왜 여기에서 사세요?"

하지만 삼례 할머니는 말없이 웃기만 하셨어요.

집으로 돌아오는 길에 연수는 삼례 할머니와 있었던 일을 엄마에게 이야기했어요.

"나눔의 집에 사시는 할머니들은 일본이 우리나라를 점령했을 때 일본군에게 아픔을 당하셨어. 그래서 결혼도 못 하시고 가족도 없이 외롭게 사셨단다."

엄마는 할머니의 사정을 연수에게 이야기해 주셨어요. 연수는 가슴이 아팠어요. 연수를 볼 때마다 항상 웃어주시던 할머니께 그런 아픔이 있단 사실이 안타깝게 느껴졌지요.

"일본 사람들이 할머니를 아프게 했다면 벌을 받아야 해요."

언젠가 연수는 삼례 할머니께 이런 이야기를 한 적이 있어요. 돋보기를 끼고 책을 보던 할머니가 연수의 말에 씁쓸한 웃음을 지었어요.

"나는 바라는 게 없단다. 그저 그 사람들이 진심 어린 사과를 해 주었으면 좋겠구나."

할머니가 연수의 머리를 쓰다듬으며 말씀하셨어요.

'삼례 할머니…… 결국 사과도 못 받고 돌아가셨어.'

연수는 마음이 너무 아팠어요. 할머니가 원했던 것은 대단한 게 아

니었어요. 일본이 과거에 저질렀던 잘못에 대해 인정하고 진심 어린

사과를 해 주는 것, 그것뿐이었어요. 그러나 할머니의 유일한 소원은

결국 이루어지지 못했어요.

"할머니, 하늘에서는 아픔 없이 행복하게 지내세요."

연수는 환하게 웃고 있는 할머니의 영정 사진 앞에 하얀 백합을 놓

으며 기도했어요.

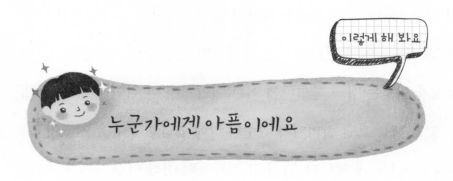

이렇게 해 보아요

누군가에겐 아픔이에요

여러분은 '위안부 소녀상'이라는 조각상이 어떤 의미를 담고 있는

지 알고 있나요?

우리나라에 세워진 소녀상은 2011년 12월 14일에 만들어졌어요.

서울 종로구에 있는 일본 대사관을 바라보고 있지요. 한복을 입고 두 주먹을 불끈 쥔 채 결연한 표정을 짓고 있는 이 소녀상은 일본을 향한 울분과 그들의 반성을 촉구하는 의미를 담고 있어요.

1937년에 일본은 중일 전쟁을 일으키며 대륙 침략을 시작했어요. 그리고 1941년에는 하와이의 진주만을 기습 공격하면서 태평양 전쟁을 일으켰어요. 전쟁에 필요한 물자를 확보하기 위해서 일본은 식민지로 삼고 있던 나라로부터 많은 것을 약탈했어요. 그중의 한 나라가 바로 우리나라였지요. 그들은 쌀과 같은 식량에서부터 석탄 등의 자원, 그리고 총알을 만들기 위해 밥솥과 숟가락 같은 작은 것까지 모두 빼앗아 갔어요.

또 우리나라의 젊은 청년들을 전쟁터로 끌어갔고, 여성들은 강제로 일본군 위안부로 만들었어요. 일본군 위안부는 당시에 일본군을 위해 강제로 성 노예 생활을 해야만 했던 여성들을 말해요. 하지만 얼마 전 미국에서는 이 용어 자체가 잘못되었다고 시정할 것을 요구하였어요. 위안부는 '위로를 해 주는 여자'를 뜻하는데, 사실 당시 동원된 여성들은 자신의 의사와는 상관없이 강제로 끌려갔거든요. 그래서 위안부란 용어보단 성 노예라고 바꾸어야 한다고 주장했어요. 위안부가 단순히 한국과 일본 간의 역사적 문제가 아니라 국제적인 인권 유린 범죄임을 분명하게 드러낸 거예요.

그런데 일본은 왜 여성들을 강제로 동원했을까요?

1937년 말, 중국 난징을 점령하면서 일본군은 민간인을 학살하고 여성들을 강간해 국제적인 비난을 받았어요. 이러한 이유로 일본은 일본군의 성을 체계적으로 관리해야겠다고 생각했어요. 그래서 만주와 중국 상하이에 위안소를 설치하게 되었지요. 위안소를 통해 일본군의 사기를 높이는 등 군사 활동에 도움이 되게 하려는 목적이었어요. 하지만 일본군을 위해 강제로 동원된 식민지의 힘없는 여성들은 성적 피해와 학대를 고스란히 받아야 했어요.

일본은 여성들을 동원할 때 취업을 시켜 주겠다며 유인하거나, 협박이나 납치 등 폭력적인 방법으로 끌고 갔어요. 동원된 여성들은 대부분이 10대의 어린 소녀들로, 끌려갈 때도 자신들이 위안소로 가게 된다는 것을 알지 못했었지요.

전쟁이 확대될수록 일본군은 위안부가 더 많이 필요했어요. 그래서 우리나라뿐 아니라, 중국과 동남아시아 등 식민지의 여성들을 계속 끌고 갔지요.

그렇다면 전쟁이 끝난 뒤 이 여성들의 삶은 어떻게 되었을까요?

일본은 전쟁에서 패배한 뒤 위안소의 존재를 숨기기 위해 위안부들을 집단적으로 학살하였어요. 운 좋게 그곳에서 겨우 살아서 돌아온 위안부 여성들의 삶도 고통의 연속이었어요. 순결을 잃었다는 수치심과 성병으로 인한 후유증, 그곳에서 받았던 폭력과 학대로 생긴 정신적 충격 등은 살아가는 내내 그녀들을 괴롭혔어요. 결혼을 하여 아이를 낳고 가정을 꾸리는 평범한 일은 불가능했어요.

그런데 이런 끔찍한 일을 저질렀는데도 일본은 위안부 여성들에게 어떠한 사과도 하지 않고 있어요. 그때의 소녀들은 이제 주름이 가득한 할머니가 되었는데 말이에요. 게다가 일본은 이러한 역사적 사실을 왜곡하여 할머니들에게 또 다른 아픔을 주고 있어요. 조선의 여성들을 강제로 동원하지 않았고, 여성 스스로 취업을 위해 참여했다고 왜곡하는 것이지요. 아직도 당시의 끔찍한 기억 때문에 고통 받는 위안부 할머니들의 증언이 있음에도 일본은 자신들의 주장을 굽히지 않고 있어요.

이러한 일본의 태도는 국제적으로 많은 비난을 받고 있어요. 미국 뉴저지에선 일본 정부에 일본군 위안부 역사의 교육을 촉구하는 내용이 만장일치로 채택되기도 했어요. 일본의 학생들에게 올바른 역사관을 심어 주고, 위안부에 대한 역사 교육을 제대로 시행할 것을 요구한 거예요.

그럼에도 위안부 할머니들에 대한 일본 정부의 자세는 아직 바뀌지 않고 있어요. 사과도, 보상도 받지 못한 채 세상을 떠난 할머니들이 늘어나고 있지만 해결된 것은 아무 것도 없지요.

지금도 매주 수요일이면 일본 대사관 앞에 일본의 사과를 촉구하는 집회가 열리고 있어요. 우리가 해야 할 일은 그분들이 받은 아픔을 잊지 않는 거예요. 그리고 일본의 잘못된 행동을 기억하고, 우리의 아픈 역사를 잊지 않는 거예요. 그래야 씻을 수 없는 상처를 받은 그분들에게 조금이라도 마음의 위로가 될 수 있을 테니까요.

4

진실이 잘못
알려져 있어요

"이게 뭐지?"

현지는 인터넷을 하다가 우연히 어떤 글을 읽게 되었어요. 《요코

이야기》라는 소설의 일부 내용을 소개한 글이었어요. 처음엔 호기심

으로 읽었지만, 읽으면 읽을수록 현지의 마음은 불편해졌어요. 소설

의 내용이 조금 이상했거든요.

'뭔가 좀 이상한데?'

현지는 불쾌한 기분을 안고 《요코 이야기》에 대해 검색을 해 보았

어요. 그리고 그 이야기와 관련된 새로운 사실들을 알게 되었어요.

《요코 이야기》는 도대체 어떤 내용일까요? 또 현지가 불쾌했던 이유는 무엇이었을까요?

요코 이야기

나는 조선 북쪽의 나남이라는 곳에 살고 있는 요코예요. 우리 가족은 일본이 제2차 세계 대전에서 기세가 꺾이면서 피난 준비를 해야 했어요. 아버지가 일본 관리였기 때문에 우리 식구들은 러시아나 인민군들에게 감시 대상이었어요. 병기창에서 일하고 있던 오빠는 우리와 함께 도망갈 수가 없었어요. 결국 오빠만 남겨 두고 어머니, 언니와 함께 생사를 넘나드는 피난길에 오르게 되었어요.

역으로 가는 내내 우리는 너무 무서웠어요. 조선 사람들에게 어떤 보복을 당할지 몰랐기 때문이에요. 서울로 가는 길은

매우 멀었어요. 우리는 덤불 속에서 잠을 잤고, 어두워지면 서울을 향해 남쪽으로 내려갔어요. 그러다가 북한군을 만나게 되었어요. 그들은 언니를 유린하려고 했어요. 그때 갑자기 폭격이 가해졌고 북한군들은 모두 죽었어요. 우리는 그들보다 먼저 엎드렸기 때문에 목숨을 유지할 수 있었어요.

오랜 시간 끝에 우리는 서울역에 도착했어요. 그때 한 일본인 가족을 만났어요.

"조선 사람들이 일본 사람을 괴롭히기 시작한 뒤로 편안하게 잠들 수 있어야지요."

그들은 이렇게 이야기하며 곧 일본으로 돌아갈 거라고 말했어요. 그리고 그날, 우리는 일본이 패망했다는 소식을 들었어요. 우리는 모두 주저앉아 펑펑 울었어요.

귀에 폭탄 파편을 맞아 상태가 좋지 않았던 나는 한 야전 병원으로 치료를 받으러 갔어요. 그리고 그곳에서 아버지를 아는 군의관을 만나게 되었지요. 군의관의 도움으로 우리는 병원

텐트에서 두 주간 머물렀고 10월 2일에 떠나는 환자 수송선을 타기로 했어요. 배를 타기 위해 우리는 부산항으로 떠나야 했지요.

부산에 도착하자 독립을 기념하려는 조선 사람들이 역으로 몰려들고 있었어요. 그들을 피해 우리는 일본 해병대가 쓰던 창고로 갔어요. 언니와 나는 화장실을 가고 싶었지만 쉽게 갈 수가 없었어요. 남녀가 따로 구분되어 있지도 않았고, 문도 없었기 때문이에요. 혼자 화장실에 간 여자들은 조선 남자들에게 성적 희롱을 당하고 심지어 순결을 짓밟혀야 했어요. 할 수 없이 언니와 나는 남자인 것처럼 위장하기 위해 서서 볼일을 봐야 했어요. 그것은 너무나 불편한 일이었어요. 하지만 다른 방법을 찾을 수가 없었어요……

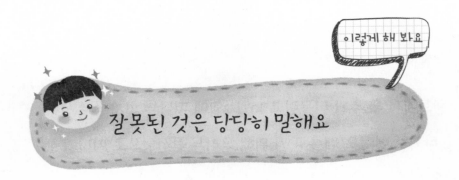

잘못된 것은 당당히 말해요

여러분은 위의 이야기를 읽고 어떤 생각이 가장 먼저 들었나요? 어린 일본 소녀가 겪은 상황이 애처롭게 느껴졌나요? 아니면 전쟁의 참상을 몸소 느끼게 되었나요? 물론 이러한 감정이 틀린 것은 아니에요. 《요코 이야기》를 쓴 작가 요코 가와시마 왓킨스 역시 전쟁의 참혹함에 대해 알리고 싶었다고 말했으니까요.

요코 가와시마는 《요코 이야기》를 자신의 자전적 소설이라고 발표하였어요. 문제는 바로 여기에 있어요. 자전적 소설이라는 것은 자신이 겪은 실제 경험을 소설화했다는 뜻이에요. 이 때문에 이 책을 읽은 사람들은 책 내용이 모두 사실인 것처럼 생각했어요. 그런데 이 이야기의 내용 중 많은 부분은 사실과 달라요. 제2차 세계 대전이 끝난 후 한국에 있던 대부분의 일본 사람들은 아무런 피해를 입지 않은 채 일본으로 돌아갔어요. 오히려 연합군에 항복을 한 다음에도 일본 경찰은 그대로 무장을 한 채 한국인을 위협하기도 했어요. 결국《요코 이야기》는 가해자인 일본을 피해자로, 피해자인 한국을 가해자로 바꿔 버린 거예요.

《요코 이야기》는 미국의 여러 학교에서 교재로 채택되기까지 했어요. 그런데 이런 상황에서 소신 있게 학교에서《요코 이야기》를 배우지 않겠다고 선언한 학생이 있었어요. 이 책으로 수업을 하게 된다면 학교에 나오지 않겠다고 으름장까지 놓은 용기 있는 학생이었지요.

"조금도 떨리지 않았어요. 그건 옳은 일이니까요."

《요코 이야기》를 배울 수 없다며 일주일 간 등교를 거부한 허보은 양의 말이에요. 보은이는 영어책을 받은 후《요코 이야기》를 먼저 읽어 보았다고 해요. 그런데 보은이가 알고 있는 내용과는 조금 다른 이야기들이 있었어요. 한국인을 가해자, 일본인을 피해자로 묘사하고 있었거든요. 미국에서 태어나 뉴욕 근교의 사립 학교에 다녔지만, 보은이는 일본이 한국을 점령했다는 역사적 사실을 잘 알고 있었어요. 그럼에도《요코 이야기》에는 그런 내용은 나와 있지 않았어요. 오히려 한국에 대한 오해를 만들 수 있는 이야기가 있었지요. 이 때문에 보은이는 이 책을 배우지 않겠다고 선생님께 말씀드렸어요. 하지만 영어 시간에 계획대로 책이 교재로 배포되자 보은이는 집에 가겠다며 학교를 나왔어요. 잘못된 역사적 사실이 적힌 책이었기 때문에 배우지 않겠다고 말하는 건 당연하다고 생각했던 거예요.

보은이는 이후 이 책의 수업이 지속되는 일주일 간 등교를 거부했어요. 부모님께선 네가 옳은 일을 하는 건 좋지만 결과를 감수해야 한다고 말씀하셨지요. 그러면서도 보은이의 편에 서서 학교에 찾아가 이 책을 가르치지 말아 달라고 호소했어요. 역사학을 전공한 교장선생님은 일주일 만에 선뜻 교재 금지 결정을 내리셨어요. 보은이의 용기 있는 행동으로 이 학교는 《요코 이야기》를 더 이상 가르치지 않게 되었어요.

보은이는 이 책을 읽은 뒤 이렇게 이야기했어요.

"어떤 문장을 읽고선 눈물을 터뜨릴 뻔했어요. 한국을 침략해 많은 사람을 죽인 건 일본인데, 이 책에는 여러 곳에서 한국 사람이 일본 사람을 성폭행하는 등 아주 나쁜 행동을 한 것처럼 나와요. 만약에

우리 반 친구들이 이 책을 읽는다면 한국인인 나를 놀릴 테고 그러면 난 슬퍼지겠지? 이런 생각이 들었어요. 내가 편안하게 느끼고, 마음껏 의견을 표현해야 할 우리 반에서요."

실제로 이 책을 읽은 상당수의 미국 학생들은 '한국이 나쁘다.'는 생각을 했다고 해요. 이처럼 역사 왜곡이 위험한 것은 바로 사실이 아닌 것을 사실처럼 인식시키는 데 있어요.

한 여학생의 소신 있는 행동이 왜곡된 역사를 바로잡는 지킴이 역할을 했어요. 만약 이 일을 그냥 넘겨 버렸다면 한국에 대해 잘못된 생각을 가진 미국 학생들이 계속해서 늘어났겠지요? 그러나 아직도 미국의 여러 학교에선 이 책을 교재로 쓰고 있다고 해요.

또 다른 보은이가 나타나기만을 기다리고 있나요? 누군가 바로잡기를 기다리기보다 나부터 관심을 가지고 잘못된 것은 잘못되었다고 당당히 이야기할 수 있는 용기를 가지도록 노력해 봐요.

5

왜 그런지 설명을
못 하겠어요

"어? 유빈이가 메일을 보냈네!"

다희는 반가운 마음에 얼른 메일을 열어 보았어요. 단짝이었던 유빈이에게서 온 편지였어요. 유빈이는 작년에 영국으로 유학을 떠났어요. 둘은 헤어짐을 슬퍼했지만 이렇게 종종 메일을 주고받으며 아쉬움을 달랬어요.

"엄마! 유빈이가 영국 친구들을 많이 사귀었대요!"

메일을 읽으면서 다희는 거실을 향해 소리쳤어요. 혹시라도 동양

인이라서 왕따를 당하지 않을까 내심 걱정했었거든요. 하지만 좋은 친구들을 만났다는 유빈이의 말에 안심이 되었어요. 그런데 중간쯤 읽었을까, 유빈이는 고민이 하나 있다고 했어요. 그건 학교 수업에 관한 내용이었어요.

다희야. 얼마 전 지리 시간에 일본에 대해 배웠어. 선생님이 큰 지도를 보여 주시면서 설명을 하셨는데 나는 자연스럽게 일본 옆 우리나라를 보게 되더라. 지도에서 우리나라를 보니까 한국도 많이 생각나고 너도 생각났어. 그런데 지도에 이상한 부분이 하나 보였어. 우리나라의 동해가 'SEA OF JAPAN'이라고 표기되어 있는 거야. 난 너무 화가 났지만 어떤 말도 할 수가 없었어. 분명히 그 바다는 우리의 동해인데 왜 일본해라고 적혀 있는 걸까? 답답한 마음에 옆에 앉은 친구 엘리스에게 "저건 일본해가 아니라 우리 한국의 바다인 동해야. 저 지도는 잘못됐어."라고 말해 주었어. 그러자 엘리스는 "저게 왜 너희의 바다인지 설명해 줄 수 있니?"라고 묻는 거야.

나는 그게 왜 우리의 바다인지 대답하지 못했어. 그냥 옛날부터 그렇게 배웠고 그런 줄 알았을 뿐이었지. 엘리스는 내 마음을 읽었는지 "그럼 너희의 바다가 맞는데 왜 고치질 않는 거야?"라고 다시 물었어.

학교에서 돌아온 뒤 나는 계속 얼굴이 화끈거렸어. 저렇게 잘못된 지도를 보는 영국의 학생들은 동해가 일본해라고 배우겠지? 어쩌면 영국뿐만 아니라 다른 나라의 지도에도 잘못 표기되어 있을지도 모른단 생각을 하게 되었어.

그날 나는 너무 화가 나서 인터넷에 이 이야기를 적어 올렸어. 그랬더니 이런 문제를 고치려고 노력하는 시민 단체가 있다고 누군가 댓글을 달아 주었어. 그곳은 반크(VANK)라는 단체였어. 한국을 여러 나라에 알리는 목적으로 만들어졌는데 우리나라의 왜곡된 역사도 바로잡는 일을 하고 있대.

나는 기쁜 마음에 얼른 가입을 했지. 그곳에 올라온 많은 글을 읽어 보니까 나와 같은 일을 겪은 유학생들이 참 많았어. 반크에 속한 많은 사람의 노력으로 몇몇 지도에 표기된 'Sea of Japan(일본해)'을 'East of Sea(동해)'로 바꿀 수 있었대. 혼자 해결하지 못한 일을 반크를 통해 같이 해결한 거야.

　다희야. 나도 앞으로 반크에서 이러한 노력을 같이 하려고 해. 그리고 너도 꼭 동참해 주었으면 좋겠어. 어려운 일이 아니야. 관심을 갖고 같이 협력하면 잘못된 사실을 바로잡을 수 있을 거야.

　다희는 유빈이의 편지를 읽고 가만히 생각에 빠졌어요. 그리고 다희가 보내 준 인터넷 주소를 클릭했어요. 홈페이지에는 '대한민국을 세계에 알리며 지구촌을 변화시켜 나갑니다!'라는 문구가 보였지요. 다희는 유빈이의 예쁜 마음을 떠올리며 빙긋 웃었답니다.

함께 고쳐 나가요

동해의 명칭 표기 문제는 오래전부터 시작되었어요. 동해라는 명칭은 한국인이 오래전부터 사용했고, 우리나라뿐만 아니라 19세기까지 여러 나라에서 지도를 만들 때 가장 빈번하게 쓰였어요. 하지만 19세기 이후 일본이 근대화에 성공하고, 국제적인 영향력이 커지면서 점점 일본해로 표기가 바뀌게 되었지요. 그리고 20세기 이후에는 일본해가 세계 지도에 더 많이 쓰이게 되었고요.

일본은 일본해가 세계 지도에 쓰인 지난 100년 동안의 역사를 근거로, 일본해가 국제적으로 확립된 명칭이라고 말하고 있어요. 하지만 우리나라에서는 동해 표기를 일본해라 바꿀 수도 없고, 국제 관례상 해양의 명칭은 관련 해역의 왼쪽 대륙의 명칭을 따르는 것이 맞기 때문에 지속적으로 동해 표기를 주장하고 있어요.

참으로 어려운 문제이지요? 이런 국가적인 문제를 나 혼자 고쳐 나간다는 것은 매우 어려운 일이에요. 이 때문에 잘못된 사실을 발견해도 그것을 어떻게 해결해야 하는지 고민이 되는 경우가 참 많아요. 앞서 유빈이의 경우가 그랬지요. 유빈이는 지도에 잘못 표기된 동해를 발견했지만 그것을 어떻게 해결해야 하는지 알지 못했어요.

하지만 혼자가 아닌 여럿이 힘을 모은다면 해결 가능성도 높아지지요. 이 때문에 여러 시민 단체가 만들어지고, 인터넷 상에 많은 모임이 개설되고 있어요. 그중 대표적인 단체가 바로 '반크(VANK)'입니다. 반크는 영문 이름인 'Voluntary Agency Network of Korea'의 머리글자를 딴 이름으로, 1995년 5월에 출범한 사이버 외교 사절단이에요. 외국인과 한인 동포, 입양아들에게 한국의 이미지를 바르게 홍보하기 위한 목적으로 전국 각지의 누리꾼들이 만든 단체지요. 반크는 인터넷을 통해 세계 여러 나라의 친구들에게 한국을 알리고 있어요. 더불어 한국에 대해 잘못 알려진 내용을 바로잡는 일도 하고 있어요.

반크는 특히 동해를 일본해라 주장하는 일본에 대응하면서 동해

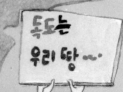

독도는
우리 땅...

우리의 동해 !!
(East of Sea)

Korea

사이버외교사절단 반크
Voluntary Agency Network of Korea

이름 되찾기 운동에 앞장섰어요. 2001년, 일본해라고 표기한 〈내셔 널 지오그래픽〉지와 전 세계 해외 정보 사이트에 동해를 함께 표기하 도록 하였어요. 또 2002년에는 세계 최대 온·오프라인 지도 출판사 인 '그래픽 지도사'가 반크의 주장을 인정하면서 일본해 표기를 동해 로 바꾸거나 일본해와 동해를 같이 표기하도록 결정하였어요. 2003 년부터는 세계 400여 개 주요 사이트를 상대로 일본해 표기의 개선 을 요구하는 항의 내용이 담긴 편지를 발송하는 운동을 펼치고 있어 요. 뿐만 아니라 콜롬비아 대학 백과사전에 잘못 기술된 한국사 관련 사항을 수정하게 만든 것도 반크였어요.

이런 성과는 우리나라에 관심을 갖고, 우리 역사를 사랑하는 많은 사람이 있었기에 가능한 일이었어요. 지금도 반크에 가입해 활발한 사이버 외교 활동을 하는 친구들이 있어요.

왜곡된 역사를 바로잡는 것! 어렵지 않아요. 우리의 작은 관심이 하나하나 모여 어려운 일도 훨씬 수월하게 해결할 수 있답니다.

반성이
필요해요

6

"기차 왔다!"

언니가 주영이의 손을 잡고 기차에 올랐어요. 흐린 날씨에도 불구

하고 기차에 탄 탑승객은 많았어요.

"오슈비엥침 역에서 내리면 돼."

언니가 지도를 펼치며 말했어요.

독일에서 3년째 유학 중인 사촌 언니의 권유로 주영이는 방학 동

안 독일에 머물게 되었어요. 언니는 주영이를 위해 독일 이곳저곳을

여행하며 구경시켜 주었어요. 뿐만 아니라 주변 나라인 프랑스와 네덜란드에도 다녀올 수 있었지요.

"언니, 폴란드란 나라는 좀 어두운 것 같아."

어제 폴란드의 크라쿠프에 도착한 주영이는 기차의 창밖으로 그치지 않는 비를 바라보며 말했어요.

사실 주영이는 폴란드에 대해서 아무것도 알지 못했어요. 그나마 음악을 전공한 언니의 설명으로 유명한 음악가인 '쇼팽'의 나라라는 것만 알뿐이었지요.

"근데 그 도시에 뭐가 있길래 가는 거야?"

"오슈비엥침은 흔히 '아우슈비츠'라고 불러. 오슈비엥침은 폴란드어고, 아우슈비츠는 독일어지. 강제 수용소가 있는 곳으로 유명한데, 대부분 유대인을 가두었대. 제2차 세계 대전 때 폴란드가 독일의 식민지였거든."

"에이, 뭐야. 강제 수용소면 볼 것도 하나 없겠네."

주영이는 재미도 없는 그런 곳에 왜 가나 싶었어요.

오슈비엥침 역에서 내려 사람들이 가는 방향으로 걸어가자 수용소가 보였어요. 주영이는 언니를 따라 티켓을 끊고 내부로 들어갔어요. 넓은 대지 위에 많은 건물이 늘어서 있었지요.

'그냥 건물들뿐이네.'

주영이가 입을 삐죽 내밀며 생각했어요. 언니가 주영이의 손을 잡고 그중 한 건물로 들어갔어요. 긴 복도를 걷던 주영이는 너무 놀라 걸음을 멈추고 말았어요. 복도 양쪽 벽 유리관 안에 사람들의 머리카락이 산더미처럼 쌓여 있었거든요.

"언니, 저게 뭐야?"

"수용소에 가두었던 사람들의 머리카락을 모아 둔 거야. 독일군은 사람들의 머리카락으로 양탄자를 짰대."

언니가 굳은 표정으로 말했어요. 그뿐만이 아니었어요. 당시 유대인들이 끌려오면서 가지고 온 가방, 안경, 신발, 옷 등이 각 건물마다 전시돼 있었어요. 그것들을 볼 때마다 주영이의 심장은 떨려 왔어요.

"그때의 아픔을 잊지 않기 위해 이렇게 수용소를 보존하는 거래."

그리고 당도한 곳은 수많은 유대인이 학살된 가스실이었어요. 어둡고 좁은 가스실엔 이미 많은 사람이 있었어요. 그들의 표정은 모두 어두웠어요. 가스실의 한구석에선 한 무리의 젊은이들이 노년의 신사를 둘러싸고 이야기를 듣고 있었어요.

"독일 학생들이 견학을 왔나 봐. 저 아저씨가 선생님인데 지금 독일 학생들에게 자신들의 조상들이 저지른 일에 대해서 자세히 설명을 해 주고 있어. 학생들의 표정을 봐."

언니의 말대로 주영이는 학생들의 얼굴을 조심히 바라보았어요. 그들은 자신의 나라가 일으킨 끔찍한 일들에 대해 충격을 받은 듯 보였어요. 이곳에서 죽어간 유대인들에 대한 미안한 마음 때문인지 눈물을 글썽이는 학생도 있었지요.

"유대인 수용소는 폴란드에만 있는 게 아니야. 독일 뮌헨에도 있어. 부끄러워서라도 없앴을 텐데, 독일은 과거를 반성하는 의미로 보존하고 있는 거야."

언니의 말에 주영이는 고개를 끄덕였어요. 그러면서 일본과 우리나라의 관계를 떠올렸지요.

'독일은 자신들이 과거에 저지른 잘못을 반성하고 있는데, 왜 일본은 반성을 하지 않는 걸까?'

주영이는 가스실을 나오면서 생각

했어요. 그리고 언니의 손을 꼭 잡으며

말했어요.

"독일에 돌아가면 뮌헨에 있는 수용소에도 가 볼래!"

주영이의 말에 언니가 빙긋 웃으며 고개를 끄덕였어요.

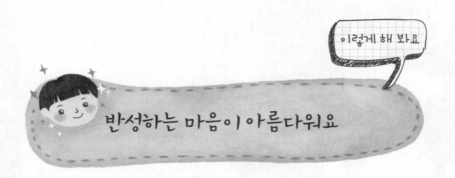

이렇게 해 보아요

반성하는 마음이 아름다워요

제2차 세계 대전을 일으킨 국가로 일본과 독일은 자주 비교되곤
해요. 독일은 자신들의 역사에 대해 어떤 마음을 갖고 있을까요?

2013년에 요아힘 가우크 독일 대통령은 나치 정권이 대학살을 자
행한 프랑스의 한 마을을 찾아가 과거의 잘못에 대해 용서를 구하
고 희생자들의 넋을 기렸어요. 제2차 세계 대전 당시 독일군이 주민
600여 명을 독가스 등으로 잔혹하게 학살한 프랑스 중서부의 '오라
두르 쉬르 글란'이란 마을이었지요. 이 마을은 프랑스의 샤를 드 골

전 대통령이 나치의 만행을 알리고자 당시 모습을 그대로 보존하도록 지시한 상징적인 장소예요. 그런 장소에 요아힘 가우크 독일 대통령은 프랑수아 올랑드 프랑스 대통령과 함께 이곳을 찾아, 나치로부터 가족을 잃은 유가족들에게 직접 용서를 구한 것이었어요.

독일의 이러한 행동은 이때가 처음은 아니에요. 1970년, 빌리 브란트 전 서독일 총리가 폴란드를 찾아 희생자 추모비 앞에 무릎을 꿇은 이래 계속 이루어지고 있어요. 앙겔라 메르켈 독일 총리도 이스라엘과 폴란드 등을 방문해 나치의 만행에 대해 용서를 구했지요.

또한 독일 정부는 베를린의 중심부인 공화국 광장 부근에 과거사에 대한 반성과 사죄의 뜻으로 야드 바셈 홀로코스트 박물관을 지었어요. '홀로코스트'는 제2차 세계 대전 당시 나치 정권에서 저지른 유태인 대학살을 가리키는 말이에요. 이 박물관은 과거에 나치 시대를 경험하지 못한 독일 젊은이들이 견학을 통해 과거에 대한 책임과 올바른 역사 인식을 갖게 하는 것을 목적으로 하고 있어요.

그렇다면 독일만 이런 용기 있는 행동을 보여 준 것일까요? 독일 말고도 자신들의 과오를 인정하고 사과를 한 나라들은 또 있어요. 그중 한 나라가 영국이에요.

영국은 1950년대 식민 통치를 했던 아프리카 케냐에 대해 공식적으로 사과했어요. 당시 영국은 케냐 독립 투쟁인 마우마우 봉기에 가담한 사람들을 고문하는 등 가혹 행위를 일삼았어요. 그 피해자들은 이제 어엿한 할아버지가 되었고 영국의 사과만을 기다리고 있었지요. 그러다 2013년 6월 6일, 케냐의 수도 나이로비에서 열린 기자회견에서 영국 정부는 공식 사과를 발표하였고, 피해자 5,200여 명에게 2,150만 달러를 배상하겠다고 약속했어요. 할아버지들은 박수를 치며 환영하였고 기쁨의 노래를 불렀어요.

네덜란드도 2013년에 식민 통치했던 인도네시아에게 공식적으로 사과한 나라예요. 1940년대 네덜란드 군대와 경찰은 독립운동을 하던 인도네시아의 민간인 수천 명을 대량 학살했어요. 이를 사과하기 위해 인도네시아의 수도 자카르타에서 열린 대량 학살 피해자 추모식에서 네덜란드 정부는 공식 사과 입장을 밝혔어요.

자신들의 과오를 반성하지 않고 왜곡하는 일본의 일부 정치인들과 매우 비교되지 않나요? 그들은 과거를 반성하기는커녕 오히려 전쟁

범죄자를 숭배하는 야스쿠니 신사를 매년 찾아가 참배하면서 자신들의 침략이 한국의 근대화에 도움을 주었다는 이치에 맞지 않는 말을 일삼아 국제 사회에서도 비난을 받고 있어요.

일본의 진심 어린 사과만을 원하는 우리의 위안부 할머니들은 언제쯤 케냐의 할아버지들처럼 기쁨의 노래를 부를 수 있을까요? 일본이 진정 반성하고 사죄하는 날은 언제 올까요? 바른 반성이 있어야 바른 미래를 만들 수 있어요. 일본이 이 진리를 빨리 깨닫는 그날이 오기를 바라요.

일본이라서
무조건 싫어요

7

성원이는 저녁에 부모님과 이상한 뉴스 하나를 보게 되었어요. 일본의 수도인 도쿄에서 한국을 싫어하는 일본 사람들이 시위하는 모습을 담은 뉴스였어요. 젊은 남성이 머리에 흰 띠를 두르고 확성기로 시위대를 향해 외치고 있었어요.

"다케시마를 한국 영토라고 가르치는 한국 학교에 도쿄 시가 보조금을 주는 것은 일본의 영유권을 포기하는 것이다! 한국 사람들은 제발 일본 땅에서 나가라! 모든 한국 사람을 일본 땅에서 몰아내자!"

많은 사람이 그 남자의 말에 맞춰 구호를 외쳤어요. 성원이는 일본 사람들이 왜 우리나라 사람들을 싫어하는지 궁금했어요.

"엄마, 저 사람들은 왜 저러는 거예요?"

"우리나라도 일본을 싫어하는 사람들이 많지? 마찬가지로 일본에도 한국을 싫어하는 사람들이 있단다."

엄마는 이렇게 대답하셨어요.

"하지만 우리는 일본에게 많은 피해를 입어서 그런 거잖아요. 일본은 우리한테 당한 것도 없으면서 왜 싫어하는 거예요?"

"저런 사람들을 우익 세력이라고 불러. 우익이란 자신들 중심으로만 사고하는 집단을 뜻하지. 저들은 일본에게 유리한 쪽으로 역사를 이해하는 경향이 있어. 독도를 '다케시마'라고 부르면서 아까 본 것처럼 자기네 땅을 우리나라가 불법으로 차지하고 있는 거라고 말하고 있단다."

"네? 엄마, 그런데 독도는 우리 땅이 맞는 거잖아요! 정말 너무해요. 일본의 식민지였던 우리가 일본을 싫어하는 건 이해가 되는데, 저 사람들이 우리나라를 싫어한다는 건 말도 되지 않아요."

성원이는 입을 삐죽 내밀며 대답했어요.

"우리나라와 일본은 역사적인 관계 때문에 매우 민감한 부분이 있어. 하지만 우리 역시 무조건 일본 사람들을 미워하고 싫어해도 되는 걸까? 그건 옳은 일이 아니야. 반대로 우리나라를 좋아하고 미안한 마음을 갖는 일본 사람도 많은걸."

"정말로 우리나라를 좋아하는 일본 사람도 있을까요? 저 일본에 살고 있는 이모한테 전화해 볼래요."

성원이는 엄마에게 허락을 받고 일본에 살고 있는 이모에게 전화를 걸었어요. 혹시라도 우리나라 사람을 미워하는 일본 사람들에게 이모가 피해를 입지는 않았을까 걱정이 되었어요.

"여보세요? 이모! 저 성원이에요."

"어머, 그래. 성원이구나! 잘 지냈니?"

수화기 너머로 들려오는 이모의 목소리는 의외로 밝았어요.

"네, 저는 잘 지냈어요. 지금 뉴스를 보는데, 일본 도쿄에서 일본 사람들이 한국 사람들에게 자기 땅에서 나가라고 시위하는 모습이 나왔거든요. 이모는 괜찮으신 거예요?"

성원이가 걱정스럽게 묻자, 이모는 쾌활하게 웃으며 말씀하셨어요.

"호호호! 성원아, 걱정 안 해도 돼. 이모는 괜찮아. 이곳은 전혀 그런 사람들이 없단다."

"아, 그래요? 정말 다행이네요. 뉴스를 보고 이모가 걱정이 되었거든요."

"성원이가 걱정이 되어서 전화했구나? 그렇게 걱정이 되면 이모가 휴대 전화로 기사를 하나 보내 줄게! 그거 한번 읽어 보렴."

이모는 그렇게 말하며 전화를 끊고는 걱정하는 성원이를 위해 휴대 전화로 한 장의 사진이 담긴 기사를 보내 주었어요.

"엄마, 아빠! 이거 보세요!"

성원이는 그 기사를 부모님과 함께 찬찬히 읽어 보았어요.

이모가 보내 준 기사는 우익 세력들을 비판하며 시위에 참여한 100여 명의 사람들에 대한 내용이었어요. 기사에는 '친하게 지내요.'라고 한글로 적힌 팻말을 든 한 여성의 사진이 담겨 있었어요. "차별을 그만두자!", "함께 살아가자!"라는 구호를 외치며 거리 행진을 했다는 부분을 읽으면서 성원이는 일본 사람 모두가 한국을 싫어하는 게 아니라는 것을 알 수 있었어요.

성원이는 우리나라를 싫어하는 일본과 그렇지 않은 일본의 모습을 떠올리며 언제쯤이면 우리나라와 일본이 서로 미워하지 않고 친하게 지낼 수 있을까 생각했어요. 서로를 이해하지 못하고 무조건 으르렁거리는 모습이 좋아 보이지는 않았거든요.

'사실 일본도 알고 보면 좋은 점이 많을 거야. 나도 무조건 일본이란 이유로 욕하고, 미워하고, 싫어하면 안 되겠어. 잘한 점은 잘했다고 하고, 못한 점은 못 했다고 이야기하는 사람이 되어야지.'

성원이는 휴대 전화 속에 담긴 평화 행진을 하는 일본 사람들을 보며 이렇게 생각했어요.

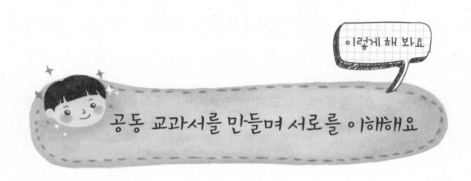

이렇게 해 봐요

공동 교과서를 만들며 서로를 이해해요

여러분은 친구와 사소한 말다툼을 한 적이 있나요? 내가 잘못을 했다고 해도 선뜻 먼저 사과하기가 어렵지요. 역사적으로 갈등 관계에 있는 나라들 역시 과거의 잘못을 쉽게 인정하고 화해하기가 어려워요. 하지만 발전적인 미래를 위해 서로를 이해하려 노력하고 있어요.

독일은 제2차 세계 대전을 일으키면서 주변 국가와 많은 마찰을 겪었어요. 하지만 자신들의 잘못을 부정하지 않고 역사를 객관적으로 보기 위해 공동 역사 교과서를 편찬하게 되었어요. 공동 역사 교과서는 몇몇 나라가 공동으로 역사책을 만드는 거예요.

어느 나라건 자신들의 역사를 기술한 역사책이 있어요. 자신들의 역사를 바로 알고 잘못된 역사는 반성하는 계기를 마련한다는 점에서 의의가 있지요. 하지만 자국의 입장에서 역사를 해석하기 때문에 간혹 부끄러운 일을 숨기거나, 자랑스러운 일은 과장하는 등 문제점이 생기기도 해요. 공동 역사 교과서는 이런 문제점을 최소화하고 양국이 서로를 이해하며 역사를 객관적으로 보기 위한 목적에서 만들고 있어요.

독일은 폴란드와 함께 1951년에 역사 교과서 연구소를 설립했어요. 양국의 학자들은 역사적 진실을 위해 단결하였고, 1996년에서야 독일-폴란드 공동 역사 교과서를 편찬하게 되었어요.

이러한 독일의 노력은 프랑스와도 지속되었어요. 독일-프랑스 공동 역사 교과서는 약 150년 동안 4번의 전쟁을 치른 독일과 프랑스

가 서로를 이해하기 위해 만든 교과서예요. 양국은 역사를 배우는 청소년들을 위해 공동 역사 교과서 편찬 위원회를 구성하였어요. 교과서는 나라별로 다섯 명의 선생님들이 담당했어요. 그리고 정부와 민간단체의 끊임없는 노력으로 마침내 2006년에 독일-프랑스 공동 역사 교과서가 나오게 된 거지요.

이러한 성과는 과거사 청산으로 갈등을 겪고 있는 많은 나라에게 본보기가 되고 있어요. 서로의 역사가 옳다고 주장하는 것이 아니라, 대화와 타협을 통해 올바른 역사를 되찾기 위한 노력을 보여 준 것이지요.

과거에 잘못을 저지른 독일은 자신들의 역사를 감추고 왜곡하지 않고 객관적으로 보려는 자세를 갖고 있어요. 또한 피해국인 프랑스 역시 독일을 비난하지 않고 올바른 역사를 다잡기 위해 노력했어요. 양국의 이러한 노력이 없었다면 공동 역사 교과서는 편찬되지 않았을지도 몰라요.

그렇다면 우리나라는 어떤 노력을 하고 있을까요?

2002년에 정부의 주도로 한일 역사 공동 연구 위원회가 추진되었지만 양국은 합의점을 마련하지 못했어요. 그러나 한국과 일본의 학자, 교사, 시민 단체 회원들은 공동 역사 교재를 펴내기 위해 계속 노력했어요. 2005년에 우리나라의 대구광역시와 일본의 히로시마 시 교사들은 공동 역사 교재인《조선통신사》를 간행했어요. 조선통신사를 주제로 한 것은, 한국과 일본의 우호 관계를 보여 주는 것이기 때문이에요. 또한 한국·중국·일본의 역사학자와 교사, 시민 단체로 구성된 '아시아 평화와 역사 교육 연대'에서 '한중일 삼국 공동 역사 편찬 위원회'를 구성해《미래를 여는 역사》라는 근현대사 중심의 공동 역사 교재를 간행하였어요. 물론 정부 주도로 이루어진 성과는 아니었지만, 한국과 일본뿐 아니라 중국 학자들까지 함께 모여 서로의 역사를 이해하는 작업이라는 점에서 의의가 있어요. 이들은 이어서《한중일이 함께 쓴 동아시아 근현대사》를 펴냈어요. 그 밖에도 다양한 모임들에 의해 여러 종류의 한일 공동 역사 교재들이 간행되었어요.

한국·일본·중국 사이의 역사를 이해하고 화해를 하기 위한 공동의 역사 연구와 학술회의, 교류도 계속되고 있어요. 매년 역사 교육과 관련해 시민 단체들이 참가하는 NGO 대회가 개최되고, 한중일 청소년들이 함께하는 캠프도 세 나라에서 돌아가면서 열리고 있어요. 2011년에는 '역사의 화해, 한중일 공동 역사 연구와 교과서 편찬'을 주제로 하는 학술 대회가 한국에서 열려, 공동 역사 교과서 편찬의 가능성을 논의하기도 했어요. 이런 노력들이 계속된다면 아시아에서도 공동 역사 교과서가 만들어지고 역사 화해도 가능하게 될 거예요.

역사는 어느 한 나라만을 위한 것이 되어서는 안 돼요. 전 세계가 올바른 역사를 정립할 수 있도록 여러분도 세계 여러 나라의 역사 바로잡기 운동에 관심을 가지고 응원해 주세요.

부록

엄마 아빠가 읽어요

〈바른 역사관을 가르치는 역사 교육법〉

1

• 역사 왜곡이 왜 나쁜지 알려 주세요

한 나라의 역사를 두고도 역사관의 차이에 따라 상반된 시각이 존재합니다. 특히나 역사 교과서의 경우 그것을 누가 썼느냐에 따라 달라질 수 있습니다. 저자의 역사관에 따라 같은 시대를 보더라도 내용이 달라질 수 있기 때문입니다. 그렇다고 역사적 사실을 자기 마음대로 아무렇게나 생각해도 괜찮다는 뜻은 아닙니다.

역사를 결과로만 보는 것은 많은 문제를 가지고 있기 때문에 위험합니다. 일제 강점기 때 일본에 의해 우리나라가 근대화가 되었다는 것은 결과론적 사고입니다. 결과보다는 근대화가 되기까지 어떤 과정을 거쳐 왔는지가 사실 더 중요합니다. 일본에게 핍박받고 수탈당한 우리 민족의 아픔을 외면한다면 그것은 진실된 역사라고 볼 수 없습니다. 따라서 역사 왜곡은 학자들뿐 아니라 우리 모두가 풀어야 할 문제인 것입니다. 역사는 그 나라의 민족적 자긍심을 대변할 뿐만 아니라 후세에게 물려주어야 할 유산이기 때문입니다.

그렇다면 내 아이에게는 역사 왜곡에 대해 어떻게 설명해야 할까요?

★ 사극 드라마를 보여 주세요

사실 역사를 잘 모르는 어린이들이 왜곡된 역사를 제대로 이해하기란 쉬운 일이 아닙니다. 그럴 땐 사극 드라마를 활용해 보는 것이 좋습니다. 사극 드라마를 통해 그 시대의 인물과 배경을 익히게 한 뒤 드라마에서 잘못 표현한 내용에 대해서는 부모님이 설명해 주는 식으로 아이의 흥미를 이끌어 내는 것입니다. 사극의 내용은 역사적 사실인 것도 있지만, 작가가 만들어 낸 허구적인 요소들도 있습니다. 특히나 요즘 사극 드라마는 재미를 위주로 해서 만들다 보니 사실이 아닌 내용이 들어간 경우가 더 많아 역사 왜곡 논란에 자주 휩싸이고 있습니다. 문제는 다수의 학생들이 드라마의 내용을 사실로 믿는다는 것입니다. 드라마를 보면서 어떤 내용이 역사적 사실과 맞고, 어떤 내용들이 사실이 아닌지 아이들에게 알려 주세요. 작가가 만든 허구적 내용이 드라마에서는 실제로 있었던 일처럼 방영될 수 있다는 것을 알게 됨으로써 역사는 누군가에 의해 왜곡될 수 있으며 그것은 거짓말과 같은 것이라고 인지할 수 있습니다.

★ 인터넷을 활용하세요

일본의 독도 영유권 주장, 중국의 동북공정은 현재 우리나라가 겪고 있는 대표적인 역사 왜곡으로 뉴스와 신문에서도 자주 다루고 있습니다. 하지만 뉴스를 보거나 신문을 읽고 왜곡된 사실을 구체적으로 이해하기는 어렵습니다. 오히려 역사를 어렵다고 느낄 우려도 있습니다. 이럴 때는 사진이나 지도, 영상 등 눈으로 볼 수 있는 자료를 적절히 활용하는 것이 좋습니다. 자료들은 인터넷을 통해 쉽게 찾을 수 있습니다. 컴퓨터로 독도 사진을 보면서 일본의 역사 왜곡을 설명해 주거나, 고구려와 발해의 지도를 통해 중국의 동북공정을 반박하는 설명을 해 주는 것이지요. 역사 왜곡에 반대하는 시민 단체의 기사와 사진을 보여 주면서 왜곡된 역사로 인해 그 나라의 국민들이 얼마나 아파하는지 이해시키는 것도 좋습니다.

역사 왜곡은 여러 나라에서 이루어지고 있습니다. 그래서 역사를 바로잡기 위해 많은 사람이 노력하고 있지요. 역사를 왜곡하는 나라를 무작정 비난하기보단 왜곡된 역사에 대한 바른 인식과 그것을 바로잡기 위한 우리 모두의 노력이 필요하다는 것을 가르치는 것이 더 중요합니다.

2

• 부모님이 먼저 역사에 대해 인지하세요

2017년부터 한국사가 수능 필수 과목으로 채택되면서 많은 부모님이 역사 교육에 관심을 갖고 있습니다. 하지만 여전히 영어나 수학 과목에 비해 역사 교육이 등한시되고 있습니다. 영어와 수학은 어렸을 때부터 기초를 튼튼하게 갖추어야 한다고 생각하지만 역사는 그렇게 생각하지 않습니다. 그 이유는 무엇일까요?

대부분의 부모님은 역사를 암기 과목이라고 생각합니다. 짧은 시간에 외워서 역사 공부를 끝낼 수 있다고 생각하지요. 이는 부모님 세대 역시 그런 식으로 공부를 해 왔기 때문입니다. 영어와 수학 전문 학원은 있지만 역사 전문 학원이 없는 것도 이와 무관하지 않습니다. 역사를 전문적으로 배워야 할 명분이 없기 때문이지요. 학원에서 배우지 않아도 쉽게 공부할 수 있는 것이 역사라고 생각하기 때문입니다.

물론 역사적 사실을 암기를 통해 외운다는 것이 나쁘다는 뜻은 아닙니다. 하지만 역사라는 학문의 특성을 이해한다면 단순히 암기로 얻는 역사 지식이 얼마나 폭이 좁은 것인지 알 수 있습니다. 이는 한 사람의 인생을 파악할 때 그 사람의 일대기보다는 부분적인 에피소드만 익히는 것과 같습니다.

자녀에게 역사를 제대로 가르치기 위해서는 역사를 단순히 암기 과목으로 생각하는 부모님의 생각부터 바꾸어야 합니다. 부모님이 먼저 역사에 대한 중요성을 인지해야만 자녀에게 올바른 역사 교육을 시킬 수 있습니다.

역사 교육은 과거를 앎으로써 현재와 미래를 보다 정확하게 인식할 수 있도록 행해지는 교육을 뜻합니다. 유명한 역사학자 카 (Edward Hallet Carr, 1892~1982)는 저서 《역사란 무엇인가》에서 '역사는 과거와 현재와의 끊임없는 대화'라는 명제를 남겼습니다. 그는 이 책에서 과거의 단순한 사실을 새롭게 해석하고 가치를 부여

하는 것이 역사가의 역할이라고 언급합니다. 역사가 과거에 있었던 사실만을 뜻하는 것이 아니라 역사가에 따라 새롭게 해석될 수 있어야 한다는 뜻이지요. 이것이 카가 언급한 과거와 현재와의 끊임없는 대화입니다.

역사 교육은 과거의 사실만을 가르치는 것이 아니라 변천되어 온 역사적 과정과 현재를 바로 인식하고 미래를 예측해 볼 수 있게 합니다. 인류가 탄생한 시점에서부터 현재의 나까지, 또한 가정에서부터 사회, 국가, 나아가서는 세계의 변천 과정까지 인식하는 것이 바로 역사 교육입니다.

따라서 역사 교육은 어렸을 때부터 차근차근, 체계적으로 이루어져야 합니다. 어렸을 때부터 역사책을 함께 읽고 이야기하면 아이는 역사를 암기 과목이 아니라 재미있는 이야기로 생각하게 됩니다. 한국사에 한정되지 말고 다른 나라의 역사까지 크게 조망하는 것도 중요합니다. 다양한 역사적 사실을 통해 아이는 겸손과 남을 이해하는 마음을 배울 수 있습니다.

부모님이 역사적 지식이 부족하다고 해서 걱정할 필요는 없습니다. 부모님이 간단한 역사적 사건을 이야기해 주면 아이가 스스로 관련된 역사 내용을 찾게 하는 것도 좋은 방법입니다.

이러한 역사 교육은 올바른 역사관을 갖는 원동력이 됩니다. 올바른 역사관은 우리의 역사를 지킬 수 있는 가장 큰 힘입니다. 많은 나라가 역사 교육에 충실한 것도 이러한 이유 때문입니다. 제대로 된 교육이 이루어져야 역사 왜곡에서 우리의 역사를 보호할 수 있습니다.

3

● 세계는 역사를 이렇게 가르쳐요

2005년부터 대학 수학 능력 시험에서는 한국사가 선택 과목으로 지정되었습니다. 그런데 200개의 4년제 대학 중 한국사를 필수 과목으로 지정한 대학교는 서울대학교가 유일했습니다. 그러자 학생들이 한국사 선택을 기피하는 부작용과 한국사 교육을 받지 않고도 대학에 입학할 수 있는 교과 과정에 문제가 제기되면서 여러 차례 역사 교육에 대한 자성의 목소리가 흘러나왔습니다. 그래서 2013년에 우리 정부는 역사 교육 강화 방안의 일환으로 2017학년도 수능 시험부터 한국사를 필수 과목으로 지정했습니다.

우리나라의 현재 역사 교과 과정을 세계 여러 나라의 교과 과정과 비교해 보면 우리나라의 역사 교육 비중이 다른 나라들에 비해 낮다는 것을 알 수 있습니다.

중국은 국가의 정체성과 통합을 중시하여 초등학교에서부터 대학교까지 국사 교육을 강화하고 있습니다. 일본 역시 수능 시험에서 역사 선택 비율이 70%에 육박한다고 합니다. 그에 비해 우리나라는 한 국사를 선택한 학생의 비율이 겨우 7%에 불과합니다.

그렇다면 다른 나라들의 역사 교육은 어떤 식으로 이루어지고 있을까요?

★ 미국

미국의 역사 교육은 자부심을 키우는 데 중점을 두고 있습니다. 각 각의 주마다 교육 과정은 다르지만, 대부분 초등학교 때부터 역사를 가르칩니다. 그리고 고등학교 과정 때까지 반복해 교육합니다. 다만 같은 역사적 사실일지라도 학년에 따라 다른 방법으로 학습하도록 하고 있습니다. 고등학교 기준으로 하루에 한 시간씩, 일주일에 5시 간씩 역사 교육이 이루어지고 있습니다.

★ 프랑스

프랑스에서 역사 교육은 큰 비중을 차지합니다. 미국과 마찬가지로 자국의 역사에 자부심을 갖도록 이루어집니다. 특징이라면 역사교육이 주로 현대사 위주라는 것입니다. 고등학교 역사 과목에서 현대사의 비중은 절반을 차지합니다.

전 학년 모두 역사가 필수 과목이며, 프랑스사와 세계사를 통합해 배우고 있습니다.

★ 일본

일본도 역사 교육을 강화하고 있습니다. 초등학교와 중학교는 역사를 필수 과목으로 지정했고, 수도권에 있는 고등학교에서도 일본사를 필수로 지정해 가르치고 있습니다. 이런 노력으로 일본 대학 입시에서는 역사를 선택한 학생들이 늘어나고 있습니다.

★ 러시아

러시아는 구소련 시절부터 역사 교육에 큰 관심을 가지고 있었습니다. 현재 모든 학교에서 러시아사와 세계사를 의무적으로 배우고 있습니다. 고학년으로 올라갈수록 역사 수업 시간은 늘어납니다. 러시아의 수능 시험인 통합 국가 시험에서도 역사는 필수 과목이며, 고등학생들은 역사 시험에 합격해야만 졸업이 가능합니다.

★ 독일

독일은 영어나 수학만큼 역사를 중요한 과목으로 교육시키고 있습니다. 독일의 대학 입학 자격 시험인 아비투어 시험을 통과한 18~19세의 학생들은 9~10학년인 2년 동안 의무적으로 역사를 배워야 합니다. 또한 교사와 학생이 홀로코스트 기념관 등을 방문하는 현장 학습도 동시에 이뤄집니다.

많은 나라가 이렇게 역사 교육을 중요시하는 것은 역사를 알아야 건설적인 미래를 세울 수 있다는 믿음 때문입니다. 역사 교육을 통해 자국과 주변국을 이해하고 왜곡이 아닌 진실된 역사를 정립하려는 노력이라고 볼 수 있습니다.

우리도 한국사가 수능 필수 과목으로 지정될 예정이지만, 그렇다고 안심하긴 이릅니다. 아이들이 흥미를 가지고 역사를 공부할 수 있도록 더욱 깊이 있는 교과 과정이 준비되어야 합니다. 교사들의 노력도 필요하지만 가정에서부터 역사 교육의 중요성에 대해 먼저 인식하고 관심을 가져야 합니다. 이는 역사 왜곡으로부터 우리의 소중한 역사를 지킬 수 있는 출발점이 될 수 있기 때문입니다.

4

● 아이에게 역사 공부의 재미를 붙여 주세요

    역사 왜곡을 알기 위해서는 먼저 역사에 대해 공부해야 합니다. 하지만 낯선 내용과 어려운 용어 때문에 아이들이 역사 공부를 많이 어려워하고 있습니다. 저학년의 아이들일수록 역사에 흥미를 붙여 주는 것이 중요합니다. 그러기 위해서는 역사적 흐름을 먼저 익히고 후에 교과 내용을 공부하는 것이 좋습니다.

★ 생활 속에서 역사의 주제를 발견하게 도와주세요

    저학년의 아이들일수록 시간 개념이 아직 명확하게 잡혀 있지 않습니다. 그래서 공룡이 존재했던 시대, 이순신 장군이 살았던 시대, 할아버지가 살았던 시대 모두를 아주 먼 옛날, 그러니까 동일한 시간상에서 이해한다고 합니다.

    따라서 주변 생활을 중심으로 옛것에 관심을 가지도록 하는 게 좋습니다. 역사라는 과목을 가르친다고 생각하기보다는 주위 환경을 통해 현재와 과거라는 서로 다른 시간에 대한 개념을 먼저 이해시키는 것입니다. 한복을 보여 주면서 그 시대를 이야기해 준다거나, 가까운 유적지를 방문해 그곳과 관련된 역사 이야기를 들려주는 것도 좋은 방법입니다.

★ 인물 중심으로 접근하게 도와주세요

역사를 반드시 시간 순서대로 공부해야 할 필요는 없습니다. 역사를 어려워하는 아이들이라면 이런 방법은 오히려 흥미를 떨어뜨릴 수 있습니다. 아이들은 위인전과 같은 역사적인 인물을 통해 역사를 처음 접합니다. 역사 교육 전문가들은 아이들이 역사를 배우는 좋은 소재를 인물로 보고 있습니다. 아이가 흥미를 가질 만한 역사적으로 유명한 인물 중에서 인물을 선정하고 그와 관련된 책을 읽혀 보세요. 아이가 인물에 대해 이해했다면 그 인물이 활약했던 시대를 설명해 주거나 관련된 책을 보여 주는 것도 좋습니다.

⭐ 직접 그리거나 쓰게 도와주세요

책을 읽고 부모님과 대화를 하는 것도 중요하지만 아이가 그것을 오래 기억하게 하는 것이 더 중요합니다. 이때 좋은 방법이 읽은 책의 느낀 점을 그림으로 그리거나 글로 쓰는 것입니다. 삼국 시대에 대한 내용을 읽었다면 삼국 시대의 지도를 그리게 하고, 이순신 장군에 대해 배웠다면 그에 따른 자신의 감정을 편하게 적을 수 있도록 하는 것입니다.

고학년이라면 역사 신문을 만들어 보게 하는 것도 좋습니다. 아이가 직접 기자가 되어 을지문덕 장군의 '살수대첩'이나 조선 시대의 '임진왜란'을 그 시대의 기사로 작성하게 하는 것도 좋은 방법입니다.

★ 만화책을 활용하세요

초등학생들의 역사 교육은 만화책부터 시작하는 편이 좋습니다. 재미와 흥미를 느낄 수 있기 때문입니다. 위에서 언급한 대로 인물 중심의 역사 만화를 선택해 읽히는 것이 좋습니다. 하지만 반드시 전문가가 감수한 책을 선택해야 합니다. 단, 고학년이 되면 만화책보다는 아동용 역사책을 읽게 하는 편이 좋습니다.

★ 애플리케이션을 활용하세요

잘만 활용하면 인터넷에서도 좋은 역사 정보를 쉽게 구할 수 있습니다. 역사와 관련된 스마트 폰 애플리케이션을 통해 아이의 흥미를 유발하는 것도 좋은 방법입니다. 한국사 연표뿐만 아니라 미국과 중국 등 세계 여러 나라의 역사적 연표를 알 수 있으며, 시대별 왕조나 영토, 주요 인물 등 다양한 정보를 얻을 수 있습니다.

5

• 토론을 통해 역사를 공부하게 해 주세요

    흔히 우리나라의 교육 방식을 주입식 교육이라고 부릅니다. 주입식 교육은 학생의 흥미나 능력, 이해 등을 고려하지 않고 일방적으로 선정한 교육 내용을 학생에게 주입시키는 교수법을 뜻합니다. 이는 교사 중심, 교과서 중심의 수업이 되어 학생의 개성을 무시한 채 획일주의로 흐른다는 단점을 가지고 있습니다. 이 때문에 한국의 학생들이 다른 나라에 비해 창의력이나 개성이 뒤떨어진다는 비판을 받기도 합니다. 다양한 교수법을 활용해 새로운 교육을 시도하고 있는 대안 학교들이 증가하고 있는 이유도 이와 무관하지 않습니다.

    역사를 공부하는 것도, 역사 왜곡에 대해 관심을 갖는 것도 좋습니다. 하지만 만약에 중국의 동북공정에 대해 토론을 해 보라고 한다면 과연 우리 아이는 얼마나 잘 대답할 수 있을까요?

    유대인들의 교육법은 세계적으로 유명합니다. 전 세계 인구의 0.2%에 불과한 유대인들은 여러 분야에서 두각을 나타내고 있습니다. 이러한 요인에는 유대인들만의 특별한 교육법 '하브루타'를 들 수 있습니다.

유대인 학교의 수업은 오전 시간에는 민족정신에 관한 교육이 이뤄지고, 그 외 시간에는 수학, 과학 등의 지식 수업으로 이루어집니다. 민족정신을 일깨우는 시간을 통해 자신의 뿌리에 대한 중요성을 인지하게 하는 것입니다. 그러면 민족의 자긍심을 깨닫게 되면서 자연스럽게 역사 교육과 연결되게 됩니다.

유대인의 교육은 우리나라의 수업 방식과는 매우 다릅니다. 수업은 토론으로 이루어지는데 토론의 핵심은 바로 '질문'입니다. 교사와 학생, 학생과 학생 사이에서 끊임없는 질문과 대답이 오고갑니다. 현재 우리나라의 학교에서도 일부분 토론 수업이 진행되고 있지만, 우리의 경우에는 답이 정해져 있는 상황에서 하는 토론입니다. 이러한 목표 지향적 토론은 주입식 교육과 크게 다를 바가 없습니다.

하지만 하브루타는 학습 목표가 없습니다. 배우는 내용에 대해서 학생은 어떤 질문이든 할 수 있고 어떤 대답도 가능합니다. 어찌 보면 터무니없는 내용들이 오갈 수도 있겠다고 생각하기 쉽지만 여기에도 전제 조건이 있습니다. 토론을 하는 동안 서로가 서로를 이해시킬 수 있어야 한다는 것입니다. 즉 토론을 통해 논쟁을 하면서 서로를 설득시키고 해답을 찾아야 하는 것입니다. 질문과 대답을 번갈아 하면서 문제를 탐구하고 답을 이끌어 내기 때문에 정답만을 유도하는 우리의 교육 방식과는 분명 차이가 있습니다.

독도가 왜 한국 땅이냐고 외국인 친구가 묻는다면 대다수의 학생들은 배운 대로 단편적인 지식만을 말할 것입니다. 그런데 만약 "그렇게 생각하는 이유는 뭐지?", "그것이 정말 진실일까?" 등의 질문을 받는다면 우리의 아이들은 어떻게 대답할 거라고 생각하십니까? 아마 조리 있게 대답하지 못하는 아이가 더 많을 것입니다.

하브루타는 가정에서부터 시작하는 것이 좋습니다. 역사 암기를 강요하기보다는, 토론을 통해 자연스럽게 외워지도록 하는 것이 훨씬 효과적입니다. 이때 질문은 명확한 답을 요구하는 내용이 아니어야 합니다. 아이가 다양한 사고를 할 수 있도록 질문의 범위도 넓어야 합니다. 이런 방식이 익숙해지면 아이는 역사가 어렵고 지루한 과목이 아니라 흥미롭고 재미있는 이야기라고 느끼게 될 것입니다.

6

• 자녀와 함께 역사 체험을 떠나 보세요

자녀와 함께 역사 체험을 해 보는 것도 좋은 공부가 될 수 있습니다. 실제 경험을 통해 과거의 발자취를 느끼는 것입니다. 우리나라에는 다양한 역사박물관과 기념관, 체험관이 있습니다. 특히 무료나 저렴한 비용으로 운영되는 곳이 많기 때문에 조금만 신경 쓰면 아이들에게 생생한 역사 체험을 큰 부담 없이 시켜 줄 수 있습니다.

그중 박물관은 역사 공부를 할 수 있는 가장 좋은 장소 중 하나입니다. 국립중앙박물관이나 경주, 공주와 부여, 김해 등 옛 나라들의 도읍지였던 곳에 있는 국립 박물관들은 역사 공부에 실제적인 도움을 많이 줍니다. 요즘에는 박물관들이 관람객의 흥미를 끌기 위해 많은 노력을 하고 있습니다. 아이들이 직접 체험을 할 수 있는 것이나 행사도 많습니다. 역사책을 통해 지식을 머리에 가득 채웠다면, 이제 아이와 함께 역사 체험을 떠나 보는 건 어떨까요?

★ 국립중앙박물관

서울특별시 용산구에 위치한 국립중앙박물관은 30만여 점의 유물을 보관하고 전시하는 우리나라 최대의 박물관입니다. 1909년에 창경궁 제실 박물관을 시작으로, 1972년에 '국립중앙박물관'이란 정식 명칭을 갖게 되었습니다.

선사 · 고대관, 중세 · 근세관, 기증관, 서화관, 아시아관, 조각 · 공예관의 6개 상설 전시관이 마련되어 있는데, 이곳에만 만 오천여 점의 유물이 전시되어 있습니다. 또한 기획 전시관, 어린이 전시관, 야외 전시관이 마련돼 있어 다양한 볼거리를 선사하고 있습니다.

주소 : 서울특별시 용산구 서빙고로 137
운영 시간 : 화, 목, 금요일 : 09:00~18:00/ 수, 토요일 : 09:00~21:00
　　　　　　일요일, 공휴일 : 09:00~19:00
휴관일 : 매주 월요일(월요일이 공휴일인 경우 다음날 휴관), 매년 1월 1일
입장료 : 무료(상설 전시관, 어린이 박물관, 무료 특별 전시)/ 유료(기획 특별 전시)

★ 독립기념관

독립기념관은 1987년에 국민 모금 운동으로 건립되었습니다.

기념관은 모두 7개의 전시관으로 이루어져 있는데, 일제 강점기의 시련부터 나라를 지키기 위한 독립운동까지 둘러볼 수 있습니다. 또한 첨단 디지털 4D 시스템을 통해 애니메이션을 감상할 수 있습니다. 야외 전시장에는 조선 총독부 철거 부재 전시 공원과 통일 염원의 동산 등이 조성되어 있으며, 순국선열의 정신을 기리는 추모의 자리도 마련되어 있습니다. 기념관의 규모가 매우 크기 때문에 태극 열차를 이용해 이동하는 것도 좋은 방법입니다.

주소 : 충청남도 천안시 동남구 목천읍 남화리 230
운영 시간 : 하절기(3월~10월) : 09:30~17:00
　　　　　　동절기(11월~2월) : 09:30~16:00
휴관일 : 매주 월요일
입장료 : 무료

★ 국립경주박물관

신라 천년의 역사를 만날 수 있는 곳입니다. 세 개의 상설 전시관으로 운영되고 있으며, 특히 고고관과 안압지관에서는 삼천여 점의 유물을 관람할 수 있습니다.

이외에도 옥외 전시관, 특별 전시관, 어린이 박물관 등을 관람할 수 있는데, 특히 옥외 전시관에는 국보 제29호인 '성덕대왕 신종'이 전시되어 있답니다.

주소 : 경북 경주시 일정로 186
운영 시간 : 09:00~18:00 (토요일 · 공휴일은 1시간 연장)
　　　　　　 09:00~21:00 (야간 연장 개관, 매달 마지막 수요일,
　　　　　　　　　　　3월~12월 중 매주 토요일)
휴관일 : 매년 1월 1일, 매주 월요일(월요일이 공휴일인 경우 다음날 휴관)
입장료 : 무료(상설 전시관, 어린이 박물관, 특별 전시)

★ 국립부여박물관

1929년 일제 강점기에 개관한 국립부여박물관은 천여 점의 백제 유물을 전시하고 있습니다. 신라 유물의 화려함과 달리 세련되고 우아한 백제 특유의 분위기를 감상할 수 있습니다.

전시관은 선사실과 역사실, 불교 미술실의 상설 전시실로 이루어져 있으며, 청동기와 철기, 사비 시대의 유물들과 백제 불교 미술 작품들을 관람할 수 있습니다. 특히 당시 도교 사상을 아름다운 작품으로 승화시킨 백제금동대향로는 반드시 감상해야 할 유물입니다.

주소 : 충남 부여군 부여읍 금성로 5
운영 시간 : 평일 : 09:00~18:00
　　　　　　주말/공휴일 : 09:00~19:00
　　　　　　야간개장 – 매주 토요일(4월~10월, 09:00~21:00)
휴관일 : 매주 월요일, 매년 1월 1일 (월요일이 공휴일인 경우 다음날 휴관)
입장료 : 무료

★ 서대문형무소역사관

서대문 형무소는 1908년 일본에 의해 건립되었습니다. 우리나라가 해방될 때까지 독립운동가들이 수감되었고, 해방 이후에도 1987년까지 구치소로 이용되면서 민주화 운동 관련 인사들이 수감되었던 곳입니다. 이러한 역사적 아픔을 되새기기 위해 1998년 서대문 형무소 역사관으로 개관하여 교육의 장으로 운영되고 있습니다.

전시관 내부에는 옥고를 치른 선열들의 재판 기록과 수의 등 유품을 비롯해 독립운동 사료, 고문용 기구 등 그때 당시 시대상을 잘 반영해 주는 각종 유물과 문헌이 전시돼 있습니다.

> **주소 :** 서울특별시 서대문구 통일로 251
> **운영 시간 :** 여름철 (3월~10월) 09:30~18:00
>   겨울철 (11월~2월) 09:30~17:00
> **휴관일 :** 매주 월요일(월요일이 공휴일인 경우 다음날 휴관), 매년 1월 1일, 설 · 추석
> **입장료 :** 어른 (3,000원)/ 청소년, 군인 (1,500원)/ 어린이 (1,000원)/ 6세 이하,
>   65세 이상, 장애인 및 국가유공자 (무료)

★ 대한민국역사박물관

2012년에 개관한 대한민국역사박물관은 대한제국부터 오늘날까지 대한민국의 근현대사를 한눈에 볼 수 있는 공간입니다. 세계에 문호를 개방한 1876년 개항 시기부터 대한제국, 일제 강점기, 1945년 독립에 이르는 시기, 대한민국의 건국 및 발전상과 관련된 정치 · 경제 · 사회 · 문화 등 광범위한 분야별 자료를 오늘에 이르기까지 보여 주고 있습니다.

이 박물관은 전시 유물이 많기 때문에, 책으로만 공부한 근현대사를 어려워하는 아이들에게 큰 도움이 될 것입니다.

주소 : 서울특별시 종로구 세종로 82-1
운영 시간 : 09:00~18:00
　　　　　　야간 개장(수, 토요일): 09:00~21:00
휴관일: 매주 월요일(월요일이 공휴일인 경우 다음날 휴관), 1월 1일
입장료: 무료

7

● 다양한 역사 교재를 활용하세요

아이에게 역사에 대한 흥미를 유발하는 것도 중요하지만 단순히 흥미 위주로 끝나 버린다면 체계적인 학습으로 이어지기가 어렵습니다. 다양한 방법으로 역사에 대한 관심을 유도했다면 그에 따른 전문적인 교육이 이어져야 합니다.

광개토대왕이란 인물에 대해 배운 아이는 이제 광개토대왕이 살았던 시대적 배경, 그의 업적 등 세분화된 내용이 필요합니다. 이때 부모님은 다양한 역사 교재를 활용할 수 있어야 합니다. 아이가 고학년이 될수록 그림이 많은 책을 읽히는 것은 좋지 않습니다. 특히 이야기로만 역사를 이해하는 것은 지양해야 합니다. 재미있는 일화 위주로만 계속 접근하게 되면 흐름은 파악할 수 있으나 본격적인 공부를 시작할 때 어려움을 느끼는 경우가 많기 때문입니다.

⭐ 역사 연표

　역사 연표는 역사적 사실과 사건을 시간의 흐름에 따라 체계적으로 배열한 표입니다. 역사적 사건이 언제 일어났는지, 전후 사건들과 어떤 관계인지를 알 수 있어 역사적 사실 간의 관계를 파악하는 데 도움이 됩니다. 정치, 경제, 인물 등 특정 주제를 중심으로 한 연표, 중요한 역사적 사실이 일어난 시점을 모두 표시한 종합 연표 등 다양한 형식이 있습니다.

⭐ 역사 지도

　역사 지도는 역사적 사건이나 사회 발전의 역사적 과정을 보여 주는 지도입니다. 이를 통해 역사적 변화를 지리적으로 파악할 수 있습니다. 또 여러 역사적 사실 간의 관계를 파악하고, 좀 더 깊이 있게 역사적 사건을 이해할 수 있습니다.

⭐ 사진과 그림

　사진과 그림은 역사적 상황을 생생하게 전달할 수 있는 자료입니다. 사진은 글과는 달리 역사적 사실이 일어났던 당시의 상황을 그대로 전달합니다. 그림은 사진보다 그린 사람의 의견이 많이 들어가지만, 당시 사람들의 생활 모습과 사고방식을 전해주는 점은 같습니다. 또 기록으로 알 수 없는 역사적 사실을 알 수 있습니다.

　이러한 방법으로 공부한다면 역사는 어렵고 지루한 암기 과목이 아니라 재미있고 친숙한 과목으로 다가갈 수 있을 것입니다. 반드시 알아야 하는 우리의 유산이라는 생각도 하게 되고요.

　역사 왜곡을 해결하는 방법은 어렵지 않습니다. 역사에 관심을 가지고 차근차근 공부하다 보면 역사 왜곡 문제 역시 자연스럽게 해결될 것입니다.

어린이를 위한 습관의 힘 시리즈

탤리캣과 마법의 수학 나라 시리즈

말뜻을 알면 개념이 쏙쏙 잡히는 시리즈

세상을 바꾸는 멘토 시리즈

권당 12,000원 · 각 시리즈는 계속 출간됩니다!